나의 아버지

박판수

진주농고시절. 가운데 박판수

1939년 진주농고 시절. 박판수는 사진을 찍어도 언제나 한 가운데 대장처럼 찍었다.

기계체조대회인 비봉가대회에서 승리하고 앞줄 맨 가운데 우승컵 든 박판수

진주농고 시절 벗들과 함께.
뒷줄 한 가운데 박판수

진주농고 시절 벗과 함께. 외투 입은 이가 박판수

두 번째 석방되어 고문후유증으로
병사하기 얼마 전의 박판수

사천 고향집에서 가족과 함께. 앞줄 가운
데가 하태연이다. 부자는 아니었으나 주
변의 존경을 받는 화목한 가정이었다.

보통학교 시절
하태연

보통학교 시절.
앞줄 가운데 하태연

처녀시절 하태연.
오른쪽

첫 번째 석방되었을 때 막내 건과 함께 단란한 한때

노년의 하태연

나의 아버지
박판수

안재성 지음

산지니

| 차례 |

민족해방운동에 바친 가족사

　이 책은 본래 2010년 부산의 시민단체인 '열사장학문화사업회'에서 제안한 부산지역 생존 빨치산에 대한 구술정리 작업의 일부로 시작되었다. 좌우 이념의 옳고 그름을 떠나, 해방공간과 6·25전쟁이라는 격동의 시절을 최일선에서 온몸으로 겪은 빨치산 출신들의 경험을 기록함으로써 비어 있는 현대사의 한 부분을 채워놓자는 소박한 의도로 시작한 일이었다.

　첫 번째 작업인 신불산 빨치산 출신 구연철 선생의 경우는 본인의 구술을 그대로 정리함으로써 무리 없이 진행되었다. 그런데 두 번째 대상인 하태연 선생이 85세로 연로한 데다 치매증세로 온전한 증언이 어렵게 되어 다른 방식을 찾아볼 수밖에 없었다. 하태연 선생의 남편인 고 박판수 선생이야말로 대표적인 경남지역 빨치산 지도자임이 확인되었다.

6·25전쟁이 터지기 전부터 지리산에서 빨치산 활동을 해온 박판수 선생은 생존한 빨치산 중 최고위급인 경남도당 북부지구당 위원장을 역임한 인물이다. 또한 두 차례에 걸쳐 24년 동안이나 감옥살이를 하면서도 자신의 신념을 꺾지 않고 비전향으로 석방된 후 통일운동에 전념하여 뜻을 같이한 동료와 후배들에게 크게 존경을 받던 사람이다. 하태연 선생 역시 빨치산과 통일운동으로 두 차례 옥살이를 하고 나와서도 병상에 눕기까지 누구보다 헌신적으로 통일운동에 몸 바쳐 지인들로부터 크게 존경을 받던 인물이다.

이념적으로 반대 입장에 있는 이들에게는 이 부부의 삶에서 존중할 만한 측면을 찾아내기 어려울 것이다. 그러나 이들이 어떠한 개인적 보상이나 안락도 바라지 않고 오로지 민족통일을 위해 모든 것을 바쳤다는 사실은 인정하지 않을 수 없으며 비록 그 방향이 서로 다를지라도 이들의 이타적인 헌신성과 불굴의 의지는 인정하지 않을 수 없으리라.

집필을 맡은 필자나 이 책의 발간을 추진한 '열사장학문화사업회' 역시 사상적인 측면에서 빨치산 출신들에게 동조한다기보다는 정치적인 신념을 위해 일생을 바친 이들의 인간적인 측면을 존중하여 이 일을 시작했다고 보는 게 옳으리라. 물론 더 중요한 것은 비극의 현대사 자체를 기록하자는 것이지 어느 한 쪽의 사상을 찬양하거나 고무하기 위한 목적은 결코 아님을 미리 밝혀둔다.

이에 따라 박판수, 하태연 부부의 빨치산 활동을 하나의 책으로 묶기로 했다. 그러나 두 사람과 함께 산중생활을 했던 이들이 대부분 사망하여 증인이 남아 있지 않은 데다 빨치산활동의 특성상 기록이 거의 없어 두 사람의 행적을 추적하는 일 자체가 심각한 난항에 부딪히고 말았다.

아직 생존한 소수의 빨치산 출신들은 박판수 선생에 대한 깊은 애정과 존경심을 가지고 있어 작가가 더 풍부한 이야기를 조사해 충분히 써주기를 바라고 여러모로 도와주시려 애썼으나 본인들이 박판수, 하태연 부부와 직접 빨치산 활동을 한 분들이 아니다 보니 결정적인 도움은 되지 못했다.

이에 불가피하게 얼마 안 되는 재판기록과 단편적인 육필 수기 등 수집 가능한 자료와 주변인의 증언을 토대로 간략한 생애사로 정리할 수밖에 없게 되었다. 빨치산통사나 경남도당사를 보충하여 분량을 늘릴 수는 있겠지만, 박판수 선생이 직접 관할한 경남도당 북부지구당에 직결된 이야기가 아닌 부분은 다루지 않았다. 이는 이 책이 빨치산 통사라기보다는 두 사람의 행적을 기록하려는 의도로 기획되었기 때문임을 이해해주기 바란다.

 이 일에는 박판수, 하태연 부부의 장녀로 태어나 어린 나이로 지리산에서 빨치산 생활을 함께 한 적이 있으며 이후로도 남북 이념대결의 고통을 함께 겪어온 박현희 씨의 노력이 큰 역할을 했다. 재판기록과 관련 자료를 찾아내고, 전국에 흩어진 여러 증언자를 면담하는 데 있어서도 박현희 씨의 도움은 결정적이었다. 또한 둘째 아들 박건 씨의 애정 어린 관심과 하태연 선생이 건강할 때 짬짬이 써놓은 짤막한 수기도 도움이 되었다.

 집필에 있어서는 고인이 된 박판수 선생이나 자신의 의견을 개진할 수 없게 된 하태연 선생의 사상과 생애를 왜곡하거나 함부로 평가하지 않도록 최선을 다했다. 독자의 이해를 돕기 위해 시기별로 주요 사건을 간략하게 보충하는 이외에 빨치산 투쟁사나 6 · 25전쟁의 성격, 남북문제, 통일문제 등에 대한 필자의 견해나 감상, 등장인물에 대한 일체의 평가를 삼갔다.

 이는 빨치산 출신들과 이념적, 정치적 견해가 다를 수 있는 필자의 임의적인 서술을 우려한 동료 빨치산 출신들의 강력한 요구 때문이었다. 필자로서도 그동안 출간한 여러 빨치산 관련 저술에 해당 작가의 주관이 개입됨으로써 생긴 문제점을 반복하지 않으려는 의미에서 이 요구를 흔쾌히 받아들였다.

결과적으로 이 책은 박판수, 하태연 부부의 빨치산 투쟁사라기보다는 그들의 가족사가 되었다. 이는 애초부터 자녀들의 요구이기도 했다. 동료 빨치산 출신들이 필자의 사상적인 시각 차이를 우려하자 처음부터 박판수 부부의 시각이 아닌 딸의 시각으로 서술해줄 것을 요청했던 것이다. 가족사 중심의 서술은 빨치산 활동에 대한 직접적인 자료와 증언 부족을 메워주는 효과를 가져왔다.

박판수, 하태연 부부를 감옥과 통일운동의 현장에서 만난 동료와 후배들에게는 두 사람의 빨치산 이야기가 충분치 않은 채 처음부터 끝까지 가족사로 서술된 점이 무척 아쉽겠지만, 이 책의 발간을 계기로 새로운 이야기가 수집된다면 다음 번 인쇄에 반영하여 최대한 두 사람의 이야기를 살리도록 노력하기로 약속했다. 널리 이해해주시기 바란다.

처음의 소박한 의도와는 달리 여러 모로 어렵게 만들어진 이 책을 위하여 성의 있는 증언은 물론 꼼꼼히 초고를 검토해주시고 현장답사와 자료를 제공해주신 여러 빨치산 출신 장기수 선생님께 깊이 감사를 드린다. 가족사라는 만족스럽지 못한 형태로 출간하게 된 점을 이해하고 용인해주신 점에 대해서도 깊이 감사를 드린다. 이념의 옳고 그름을 떠나 잊혀져가는 민족사의

한 부분을 복원하기 위해 후원을 아끼지 않은 '열사문화장학사
업회' 관계자들께도 깊은 감사를 드린다.

1.

첫

기억

외동딸 박현희에게 부모님은 늘 그리움의 대상이었다. 서너 살 무렵의 생애 첫 기억도 아버지와 관련한 것이다. 아버지는 아침마다 가방을 들고 어디론가 나가셨다. 현희는 그때마다 따라가겠다고 울어댔다. 단정한 양복에 누런 가죽가방을 들고 문을 나설 때마다 아버지는 어린 딸을 안고 뺨을 비비며 달래주었다.

　"현희야, 착하지. 울지 마라. 아버지 다녀올게."

　아버지의 웃는 얼굴과 다정한 음성이 그녀가 생애 처음으로 기억하는 사람의 얼굴이요 목소리다.

　엄마에 대한 기억도 이별에서부터 시작되었다. 검은 치마,

흰 저고리에 중발의 머리칼을 말아 올려 양머리를 한 엄마가 동생을 등에 업고 어디론가 나갈 때면 자기도 따라 가겠다고 목 놓아 울어댔다. 엄마는 차마 어린 딸을 떼어놓지 못하고 몇 걸음 가다가 되돌아와서 안아주기도 하고 먹을 것을 손에 쥐어 주기도 했다. 하지만 딸을 달래지는 못했다.

다음 기억은 하얀 성당이다. 엄마와 함께 진주 남쪽 사천 외가에 머물던 한여름, 이른 아침이었다. 여섯 살 무렵이다. 이날 엄마는 평소와 달리 화사하게 반짝이는 비단 한복을 입었다. 두 아이도 새벽부터 깨워 씻기고 깨끗한 옷을 입혔다. 하나는 안고 하나는 걸려서 미명이 세상의 잠을 깨우는 새벽길을 얼마나 걸었을까, 어린 눈에도 꽤나 큰 마을이 나타났다. 경남 진양군 문산읍이었다.

문산성당은 마을 한쪽 남향받이 언덕에 있었다. 흰 벽에 뾰족한 종탑을 가진 아담한 시골 성당이었는데 어린 눈에는 엄청나게 커 보였다. 작은 개울을 가로지르는 다리를 건너 양편으로 초가가 늘어선 골목을 지나 성당 안으로 들어서니 똑같은 옷을 입은 사람들이 가득 차 있었다. 인민군이었다.

엄마가 용건을 말했을까, 소총을 멘 인민군이 안내하여 성당 뜰을 가로질러 성모마리아상 뒤에 있는 본당 건물로 올라갔다. 아버지는 성당 안 큰 의자에 앉아 인민군에 둘러싸여 무언가

회의를 하고 있었다. 아내와 아이들을 발견한 아버지는 벌떡 일어나 뛰어나오며 소리쳤다. 온 성당이 울리도록 우렁찬 음성이었다.

"우리 현희 많이 컸구나!"

달려온 아버지는 현희를 번쩍 안아 올리고는 공중에 둥둥 흔들며 좋아했다.

"아들도 좀 안아주세요."

지켜보던 엄마가 네 살짜리 동생 등을 떠밀며 말했다. 그제야 아버지는 동생을 들어 흔들고 얼굴을 비비며 웃어댔다. 엄마는 동생을 다독이며 말했다.

"준환아, 아버지야. 아버지 하고 불러봐."

갓난아이일 때 아버지와 헤어진 준환은 먹물 찍힌 것만 봐도 아버지, 지나가는 청년만 봐도 아버지, 자전거만 봐도 아버지 하며 아버지를 찾곤 했다. 그런데 막상 아버지를 보자 말도 제대로 못 배운 아이가 몸을 뒤로 빼며 말하는 것이었다.

"아버지 아니구만. 인민군이구만."

아버지는 군복도 입지 않았는데, 성당에 가득한 인민군과 아버지를 호위하는 두 병사를 보고 그렇게 말한 것이다.

"녀석 참 당돌하기도 하지!"

다들 호탕하게 웃었다. 현희는 아버지가 허리에 찬 권총이 신기해서 그 옆에 붙어 말똥말똥 쳐다보았다.

아버지가 돌아온 그날, 어디서 머무르고 잤는지도 기억나지 않는다. 하루 종일 미군비행기가 기러기 떼처럼 줄지어 날아다니며 기관총을 쏴대고 폭탄을 떨어뜨린 기억만 난다. 그리고 다음 날 꼭두새벽, 미군비행기가 뜨기 전에 길을 떠나 굽이굽이 산길을 걸어 집으로 갔다. 할아버지와 큰아버지가 함께 사는 진양군 진성면 본가였다. 그녀의 집이기도 했다.

집에 도착해 보니 고모들도, 큰엄마도 모두 아래위로 하얀 치마저고리를 입고 있었다. 현희는 그제야 할머니가 돌아가셨다는 걸 알았다. 미군비행기가 날아다니며 움직이는 것은 모조리 쏘아댔기 때문에 낮 동안은 장례도 치를 수 없었다. 밤이 되자 일가친척이며 동네 사람들이 모여 장례준비를 하는데, 아저씨 한 분이 동구 밖에서부터 소리를 지르며 뛰어왔다. 아버지의 육촌동생이었다.

"형님이 오신다! 판수 형님이 오신다!"

진성 집은 산등성이가 둥글게 감고 있는 언덕바지에 있었다. 식구들이 뛰어나가니 저 아래쪽에서 총을 든 인민군 수십 명의 호위를 받으며 아버지가 걸어오고 있었다.

"우리 아버지가 대장이야!"

어린아이 눈에도 그렇게 멋져 보일 수가 없었다. 그때부터 현희의 머릿속에는, 우리 아버지는 대장이라는 생각이 각인되었다. 우리 아버지는 대장이고 나는 대장의 딸이라는 자부심이 이후의 고통스런 어린 시절을 지켜주었다.

마을 사람들의 열렬한 환영 속에 대문을 들어선 아버지는 마루에 오르자마자 할머니가 누우신 방으로 뛰어 들어가 목 놓아 통곡하기 시작했다.

"어머니! 제가 왔습니다. 판수가 왔습니다, 어머니!"

언제나 당당하던 아버지가 우는 모습을 본 것은 그때가 처음이자 마지막이다. 엄마도 옆에 앉아 울고, 고모들도 울었다. 현희는 어른들이 그렇게 슬프게 우는 이유를 알지 못했다. 그저 엄마와 아버지가 자기 앞에 함께 있다는 것만 좋았다.

하룻밤뿐이었다. 매장은 미군기의 폭격을 피해 밤중에 이루어졌다. 마을 사람과 친족들의 도움으로 매장을 마친 아버지는 새벽길을 따라 문산으로 돌아갔다. 올 때처럼 총 든 인민군이 호위했다. 엄마와 두 아이는 집에 남았다.

어린 현희는 무슨 일인지 몰랐지만, 이때부터 매일 동네 여자들이 집으로 찾아왔다. 여자들은 엄마랑 이야기를 나누고 무언가를 만들기도 했다. 위채에는 큰집 식구들이 살았고 아래채에는 현희의 가족이 살았다. 엄마는 어떤 날은 아랫마을에 내려가 일을 보느라 밤이 되어서야 돌아오곤 했다. 그런 날이면 현희가 따라가겠다고 울고불고하여 엄마를 난처하게 만들었다.

그러던 어느 날, 갑자기 엄마가 한밤중에 아이들 옷을 입히고 봇짐을 싸기 시작했다.

"엄마, 어디 가려고?"

"저 산으로, 아버지한테 가는 거다."

"아이 좋아라!"

아버지한테 간다는 말이 그리 좋을 수가 없었다. 어린 그녀에게는 아버지가 세상에서 제일 높은 사람이었다. 항상 인민군 호위병에 둘러싸여 있고 옆구리에는 권총을 찬 모습이 그리 자랑스러울 수가 없었다. 엄마를 따라 밤새 걷는 산길이 하나도 힘들지 않았다.

막상 산에 올라가서는 아버지의 얼굴을 거의 볼 수 없었다. 다른 피난민과 함께 산길을 걷고 걸어 도착한 곳은 지리산 자락 이름 모를 작은 마을이었다. 세 식구는 민가의 방 한 칸을 얻어 한동안 머물렀다. 거기서도 엄마는 매일 아줌마들과 모여 무슨 일인가를 했지만 집에서 멀리 벗어나지는 않았다. 엄마는 진성면 여맹위원장 일을 보고 있었으나 어린 그녀가 알 리 없었다.

마을 주변에는 시체가 널려 있었다. 끊임없는 폭격과 기총소사로 죽음에 익숙해진 아이들은 시신을 두려워하지 않았다. 새로운 시체가 발견되면 몇몇이 몰려가 요모조모 살피며 구경했다. 흰 바지저고리를 입은 농부의 시신도 있었고 누런 가방을 들고 가다 죽은 양복차림의 시신이며 학생복 차림도 있었다. 아이들은 시체 주변에서 소꿉장난이나 술래잡기를 하며 놀았다.

얼마 지나지 않아 토벌대가 밀려오면서 세 식구는 더 이상 마을에 살 수 없게 되었다. 군인과 경찰로 이루어진 토벌대가 올라왔다 내려가면서 마을을 모조리 불태워 없애버렸기 때문이다. 엄마는 토벌대를 '개'라고 불렀다. 누런 군복을 입은 국방군은 '누렁개'라 부르고 검은 경찰복을 입은 경찰관은 '검정개'라고 불렀다. 아이들도 토벌대가 올라오면 옷 색깔을 보고 소리치며 달아났다.

"누렁개가 온다!"

"검정개가 온다!"

토벌대의 등살에 못 이겨 더 깊은 산중으로 올라가니 커다란 동굴이 있었다. 그곳이 지리산 최고봉인 천왕봉 아래 대원사 계곡이며 자연동굴이 아니라 숯막이라는 것은 나중에야 알았다. 피신해 온 사람 중 어린애는 둘뿐이었다. 더 이상은 마을 아이들도 볼 수 없게 되었다.

숯막도 안전하지는 않았다. 거의 날마다 토벌대가 밀려와 온 산을 이 잡듯 뒤지며 인민군과 총격전을 벌였다. 세 식구는 갈

곳이 없었다. 날씨는 빠르게 추워져 아침이면 하얗게 서리가 내리고 계곡물 가장자리에 살얼음이 얼었다. 위험해도 숯막을 버릴 수가 없었다. 날이 밝으면 산으로 도망쳤다가 저녁에 토벌대가 철수하면 다시 숯막에 숨어 들어가 잠자는 나날이 계속되었다.

아침이 와서 숯막에 햇살이 들어오면 엄마는 콩, 쌀을 볶은 것이나 소금 같은 걸 싸서 두 아이의 등에 묶어주고, 동생은 들쳐 업고 현희는 손을 잡고 산으로 피신을 갔다. 한참 산등성이를 올라 숲속에 숨어 있노라면 아래쪽에서 총소리며 포탄 터지는 소리가 들리기 시작했다. 시간이 지나면서 총성과 폭음은 점점 가까워지고, 엄마는 아이들을 이끌고 좀 더 안전한 곳을 찾아 옮겨야 했다.

사방에 그물처럼 펼쳐져 올라오는 토벌대를 피하다 보면 산꼭대기까지 도망쳐야 할 때도 있었다. 한번은 여러 사람과 함께 돌무더기가 깔리고 나무도 없는 정상 부근 가파른 벼랑길을 걷다가 혼자 미끄러지고 말았다.

"엄마! 난 이제 죽었다!"

죽음을 너무나도 가까이 보고 살아온 여섯 살 계집아이였다. 돌밭 위로 엉덩방아를 찧고 미끄러지면서도 제일 먼저 나 이제 죽었다는 소리가 나왔다.

"아악, 엄마야!"

비명을 지르며 미끄러지는데 작은 소나무 줄기에 가랑이가 걸렸다. 중심을 잃고 조금만 옆으로 기울어지면 그대로 추락할 판이었다. 겁먹은 짐승처럼 흙바닥에 납작 엎드려 덜덜 떨면서 소리쳤다.

"엄마 살려줘! 나 살아야 해!"

손 하나만 놓쳐도 그대로 벼랑 아래로 떨어질 판이었다. 워낙 가팔라서 누가 구하러 내려와도 같이 미끄러져 죽게 생겼다. 다급해진 어른들이 서로 손을 잡고 사람 띠를 만들어 그녀가 있는 곳까지 내려와 구해주었다.

"고맙습니다. 살려주셔서 고맙습니다."

살아 올라와서 얼마나 여러 번 고개 숙여 인사했는지 모른다. 유달리 영특하고 붙임성 있는 현희를 천재라고 부르며 귀여워하던 어른들은 아이가 살아난 데 크게 안도하며 기뻐서 안아주고 어루만져주었다.

죽음은 너무나 가까이 있었다. 하루는 숯막으로 돌아가지 못하고 숲속에서 자는데 무언가 엄마 손을 밟고 지나갔다. 묵직하면서도 부드러운 게 사람의 발은 아니었다. 놀라 눈을 뜬 엄마 옆으로 호랑이처럼 보이는 커다란 짐승이 어슬렁어슬렁 지나가고 있었다. 사방에 시신이 널려 배가 불렀던지 옆에 잠든 어린아이도 거들떠보지 않고 지나가는 산짐승을 엄마는 넋이 빠져 바라보았다.

숯막에서 잘 때면 한밤중에 혼자 오줌을 누러 나가곤 했는데 바로 앞 숲속에 커다란 개처럼 보이는 짐승들이 두 눈을 파랗게 빛내며 어슬렁거리곤 했다. 늑대였다. 늑대도 배가 불렀는지, 어린애 혼자 오줌을 누는데도 와서 물지 않았다. 늑대가 무서운 짐승이라는 것조차 모르는 그녀 역시 늑대들을 빤히 쳐다보며 오줌을 누었다.

토벌대는 살아 움직이는 인간은 다 쏘아 죽이려는 것 같았다. 한번은 밀려오는 토벌대를 피해 대원사 계곡을 건너는데 뒤따라 온 토벌대가 총도 들지 않은 여자와 아이들뿐인 일행을 향해 계속 총질을 해댔다. 거칠게 흘러내리는 계곡을 건너는데 사방으로 총탄이 날아와 하얗게 포말을 튕겨댔다.

"엄마야, 오늘은 죽는 날이다. 엄마야, 아무래도 오늘은 우리 죽을 것 같다."

그녀는 엄마 손을 꽉 잡고 깊은 물을 헤쳐 나가며 계속 외쳤다.

"엄마, 내 손 놓지 마라. 손 놓으면 난 죽는다. 엄마야, 나 살아야 해. 엄마야……."

무사히 개천을 건너 숲속에 숨어서 엄마는 두 아이를 숨도 못 쉬게 꽉 끌어안고 울었다.

총탄이 날아올 때면 겁먹고 살려달라고 했지만 총성이 멀어지면 이내 어린애로 돌아갔다. 어린 준환이는 멀리서 총성이 들리면 계곡에서 주운 길쭉한 돌멩이를 권총처럼 쳐들고 소리 나는 곳을 겨냥해 쏘는 시늉을 하며 놀았다.

"개놈들아, 내 총 받아라! 땅야! 땅야!"

토벌대가 물러가고 가마솥에 보리쌀 끓는 것처럼 자글자글 울리던 총성도 멎은 저녁이면 두 아이는 신이 나서 노래를 부르며 숯막으로 돌아왔다. 오누이가 제일 좋아한 노래는 '김일성 장군의 노래'였다. '빨치산의 노래'와 '스탈린 대원수의 노래'도 애창곡이었다. 한 번 들은 가사와 곡조는 잊어버리지도 않았다. 잘 놀고 잘 까부는 오누이는 어른들의 사랑을 듬뿍 받았다. 어른들은 두 아이를 꼬마 빨치산이라고 부르며 귀여워했다. 이동할 때면 뒤쳐지지 않도록 챙겨주었다.

"꼬마 빨치산, 빨리 와!"

"꼬마 빨치산, 안 다쳤나?"

어른들이 불러주는 소리가 그렇게 좋았다. 어른들은 상황이 다급해지면 누구라도 두 아이를 안고 업고 험한 산중을 뛰어다녔다. 극심한 포격으로 흩어졌다가 다시 만날 때면 다들 '우리 천재 살았구나.' 하며 머리를 쓰다듬고 목마를 태워주었다.

안겨 보지 않은 어른이 없었다. 나중에 엄마한테 들은 이야기지만, 그중에는 지리산 빨치산의 최고지도자 이현상도 있었다. 유별나게 아이를 좋아한 이현상은 진양군당을 찾아오는 날이면 두 오누이를 양쪽 무릎에 올려놓고 놓아줄 줄을 몰랐다. 이현상은 엄마에게, 자신도 현희와 비슷한 나이의 딸이 있다고 말하며, 유달리 현희를 예뻐했다.

힘겨운 산 생활이 어린 그녀에게는 힘들기보다 좋은 기억으로 남았다. 무엇보다도 집에서는 동생만 업고 나다니던 엄마가 항상 옆에 있는 게 좋았다. 엄마 손을 잡고 숲을 달리노라면 악마처럼 뒤쫓아 오는 총소리의 공포도 잊었다. 따뜻한 엄마 손을 잡고 있다는 것만 행복했다. 이리저리 숨는 것도 재미있기만 했다. 바위틈이나 대나무 숲에 숨어들어 기침 소리도 못 내게 엄마가 손바닥으로 입을 꼭 막고 있는 것도 좋았다.

산 생활을 하는 동안 아버지는 거의 만날 수 없었다. 어쩌다 만날 때면 아버지는 엄마한테 당장 산을 내려가라고 야단쳤다. 아이들 생명이 위험할 뿐만 아니라 주변 사람들에게 짐이 된다고 생각했기 때문이다. 현희는 아버지가 엄마에게 내려가라고 호되게 나무라는 장면을 생생하게 기억했다.

박현희는 나중에 커서 '그때 엄마가 아버지 말을 듣지 않는 바람에 온 가족이 이 고생을 하게 되었다'고 불평하기도 했다. 하지만 인민군도 후퇴하지 못해 빨치산이 될 수밖에 없던 상황에서 아이 둘을 데리고 장대한 태백산맥을 넘어 이북까지 올라가기란 사실상 불가능했다. 어쩌면 그때 엄마가 고집스럽게 남편을 지켰기 때문에 말년에나마 온 가족이 함께 보낼 수 있었는지 모른다.

남편과 아이들을 너무나 사랑했던 엄마는 어느 한쪽도 놓고 싶지 않았다. 엄마는 숯막에 빗물이 들어올 때면 자기는 물이 척척한 바닥에 눕고 아이들은 배 위에 올려 자게 하는 사람이었다. 하지만 결국 남편 뜻에 따라 더 이상 다른 동지들에게 짐이 되지 않도록 산에서 내려왔다. 아이들을 안전한 곳에 맡기고 자신은 다시 올라가 남편과 함께 싸울 생각이었다. 그러나 하산한 지 며칠도 안 되어 엄마는 체포되고 말았다.

엄마의 체포와 함께 긴 이별의 시간이 시작되었다. 엄마는 8년 동안 감옥살이를 해야 했고, 이듬해 체포된 아버지는 두 차례에 걸쳐 24년의 긴 감옥살이를 해야만 했다. 아버지는 처음 석방되고 8년 동안 재수감을 피해 대부분의 시간을 집 밖에서 숨어 지냈다. 두 번째 석방되고 곧바로 병을 얻어 5년 만에 돌아가셨다. 다섯 식구가 평온한 마음으로 함께 살았던 시간은 불과 몇 년에 불과했다. 그래서 더 가족 간의 사랑과 그리움이 깊었는지도 모른다. 빨치산의 가족이 이 땅에서 겪을 수밖에 없는 숙명이었다.

2.

동산리 종갓집

경남 진주에서 부산 방면으로 삼십 리쯤 떨어진 동산리는 첩첩이 산으로 둘러싸인 가운데 넓은 들을 가진 마을이다. 일제는 예로부터 내려오던 동산리라는 지명을 중촌리로 바꿔버렸으나 사람들은 여전히 동산리라고 불렀다. 해방되고 수십 년이 지난 근래에는 법적으로도 동산리라는 지명을 되찾았다.

동산리에서도 함양 박씨 종가가 자리 잡은 975번지는 들어오는 입구만 빼고 빙 둘러 야산으로 둘러싸인 동향 언덕이다. 박씨들은 용이 똬리를 틀고 있는 형상이라는 이곳에 자리 잡고 살면서 언덕 아래 들판에 꽤 넓은 경작지를 가지고 있었다.

신라시대 박제상의 후손으로 알려진 함양 박씨네는 수백 년

간 이곳에 자리 잡고 살아온 전통 깊은 양반가문으로, 인근의 가난한 농민에 비하면 비교적 여유 있게 살아온 편이었다. 그러나 1910년 일본의 식민지 지배가 시작되어 자본주의가 유입되면서 세상은 변해갔다. 일본의 신분제도에 따라 양반과 상민의 신분제도는 법적으로 유지되었지만, 이제는 종도 하인도 돈이 있어야 부릴 수 있는 시대가 되었다. 자본주의의 발전과 함께 돈 주고 사야 할 소비품은 나날이 늘어나고 전래의 서당 대신 학교가 생겨 비싼 학비를 내지 않으면 사람대접을 받기 어려운 시대가 되면서, 농사에만 의존하던 전통적 양반가문은 빠르게 몰락하기 시작했다.

1918년 9월 10일, 아들 하나에 딸만 다섯이던 종갓집에 둘째이자 막내인 아들이 태어났을 때만 해도 아직은 꽤 잘 살던 시절이었다. 어머니 정하녀는 근동에 널리 알려진 미인이었고, 둘째 아들 역시 얼굴선이 곱고 눈도 귀도 큼직하니 잘생긴 귀골이었다.

아버지 박도원은 막내가 될 아들의 이름을 박판수라 지었다. 본래 집안의 돌림자가 따로 있어 큰아들은 '윤' 자를 넣어 봉윤이라 지었는데 자꾸 딸이 나오니까 돌림자를 쓰지 않고 판수라고 지은 것이다. 물 '수' 변이 들어간 '판' 자를 쓴 것은 오래오래 살라는 뜻이었다. 할아버지는 함양 박씨 29대손의 탄생을 축하하기 위해 큰 잔치를 베풀었다.

온 집안의 사랑을 독차지하고 자라난 박판수는 어려서부터 기가 끓어 넘쳤다. 크지도 작지도 않은 몸매에 목소리는 기운 찼고 행동은 날랬다. 사진 한 장 찍기도 어려운 시절이라 다른 아이들은 사진을 찍을 때면 한껏 얌전한 자세를 취했으나 박판수는 당당히 어깨를 펴고 주머니에 손을 넣거나 교모를 벗는 등 자유로운 자세로 찍었다.

박판수가 일본을 증오하게 된 결정적인 사건은 열 살도 안 되던 어린 시절에 일어났다. 박씨 집성촌에는 마을 사람들이 모두 큰 어른으로 받들어 모시는 유학자가 한 사람 있었다. 박태형이었다. 고려 말 중국에서 주자학을 들여온 유학자 중 한 명의 후손으로 알려진 박씨 집안은 장유유서와 군사부일체 같은 유교적 법도에 엄격했다. 어린아이들은 집안의 큰 어른이자 스승인 박태형의 그림자도 밟지 않았다.

어느 날, 무슨 일인지 긴 칼을 철거덕거리며 말을 타고 온 일본인 순사들이 박태형의 집에 들이닥쳤다. 순사들은 온 마을 사람들이 지켜보는 앞에서 박태형을 끌어내 말에 묶어 끌고 갔다. 집안의 정신적인 지도자가 일개 말단 순사들에게 굴욕스럽게 끌려가는 광경을 지켜보면서도 마을 사람들은 한마디 저항도 못하였다.

어린 박판수에게 이 사건은 큰 충격이었다. 일본의 식민지라 해도 농촌에서는 일본인을 볼 기회도 거의 없고 직접 고통을 당할 일도 별로 없었다. 그런데 이 사건은 조선인이 어떤 처지에 놓여 있는가를 여실히 보여주었다. 조선의 지배계급으로서 손에 흙 하나 안 묻히고 품위를 지키며 살아가던 양반이 얼마나 무기력하고 보잘것없는 존재인지 가르쳐주었다. 일본인은 나쁜 놈이라는 인식이 박판수의 뇌리에 철두철미하게 박혀버렸고, 동시에 조선인 상민에게 큰소리치며 살아가는 양반의 무능함에 대해 인식하는 계기가 되었다.

일제의 식민지 지배가 아니더라도, 농경사회의 몰락과 산업사회의 도래는 양반이라는 신분과 그 유교적 덕목을 더는 존중받지 못하게 만들고 있었다. 일제는 유학자들이 운영하는 재래식 서당이나 조선인 애국자들이 돈을 모아 세운 신식학교는 강제로 폐쇄하고 자신들이 세운 보통학교만을 학력으로 인정했다. 양반이든 상민이든 돈만 있으면 누구나 학교에 다녀서 출세할 수 있었다.

유교에 뿌리를 둔 양반 선비들은 일제의 신식교육을 치욕으로 받아들였다. 조선의 가장 중요한 전통 가운데 하나인 긴 머리를 빡빡 깎고 긴 칼을 쩔그럭거리며 게다짝을 끌고 다니는 왜놈 밑에 들어가 공부하는 것은 용납할 수 없는 일이었다. 더구나 진성면 일대에서 가장 완고한 양반가문 함양 박씨 문중 아니던가. 이런 집안에서 신식교육을 받는 일은 있을 수 없었다.

처음으로 문중의 금기를 깬 사람은 박판수의 형 박봉윤이었다. 섬나라 왜놈에게 무참히 나라를 빼앗긴 양반의 고루함과 무능함에 일찍부터 반발해 신학문의 필요성을 절감한 박봉윤은 이웃동네 지수면 성내리에 사는 부잣집 구씨네 아들 등의 친구들과 학교에 다니기로 뜻을 모았다. 하지만 대종손이 머리를 빡빡 미는 일은 절대 용납되지 않았다. 집안 어른들의 극렬한 반대에 부딪힌 박봉윤과 친구들은 스스로 상투를 자르고 머리를 깎은 다음 마을 뒷산을 넘어 진주로 달아나 학교에 가려했으나 기어이 잡혀오고 말았다. 가출에 실패한 박봉윤은 문중회의에 회부되어 호되게 야단을 맞았다.

박판수가 오늘날의 초등학교인 보통학교에 들어간 것은 나이 차가 많은 형 박봉윤의 영향이 절대적이었다. 박판수 역시 집안 어른들의 반대에 부딪혔으나 이미 성인이 되어 발언권이 세진 박봉윤의 강력한 후원으로 진성읍에 있는 사봉보통학교에 들어갈 수 있었다. 머리가 좋고 쾌활한 박판수는 보통학교 내내 우등생으로 한 몸에 인기를 얻었다.

1934년 보통학교를 마친 후에는 진주에 있는 진주공립농업학교에 입학했다. 진주, 진양 일대에서 일류고로 대우받던 학교로, 경남 일대에서는 집안 괜찮고 머리 좋은 학생이 다 모인다는 곳이었다. 이 학교의 명칭은 이후 여러 차례 변경되다가 최근에는 경남과학기술대학교가 되었다.

군국주의 일본은 학교도 군대식으로 운영했다. 학교 건물부터가 군대 막사 같았다. 농업학교도 똑같이 생긴 격자창이 수십 개나 나란히 늘어선 일층짜리 목조건물에 군사훈련을 할 수 있도록 넓은 잔디밭을 두었다. 교사 뒤편에는 높다란 철탑을 세우고 종을 달았으며 교정에도 같은 형태의 국기게양대를 세워 흰 바탕에 붉은 원이 그려진 일장기를 늘 펄럭거리게 하였다.

학생들은 일본군처럼 발목부터 종아리까지 꽉 조이는 각반을 차고 목까지 조이는 교복에 챙이 달린 둥근 모자를 썼다. 선생들도 대개 군복을 물들인 것 같은 검정색 양복에 검은 중절모를 쓰고 다녔다. 그나마 일제 초기에는 군복에 긴 칼을 차고 다니다가 박판수가 태어난 이듬해에 일어난 3·1운동 이후 소위 문화정치가 시작되면서 사복으로 바뀌었는데, 다리에는 여전히 군인처럼 각반을 차야 했다.

일제강점기 후반에는 대부분의 면소재지에 보통학교가 생겼으나 박판수가 입학할 때만 해도 학교와 교사가 절대 부족했다. 보통학교에 들어가기 위해서도 시험을 보아야 하는 시절이었다. 보통학교를 나온 이도 만나기 힘들었을뿐더러, 오늘의 중고등학교를 합친 것과 같은 고등보통학교를 나오면 면직원이나 사무직원은 물론, 학교선생으로 가기도 어렵지 않았다. 경남 서부지방의 명문인 진주농업학교만 졸업하면 안정된 삶은 보장되어 있었다.

박판수는 농업학교에 들어가면서 결혼을 하게 되었다. 겨우 16세 나이에, 본인의 뜻과는 상관없이 이루어진 구식 중매결혼이었다. 상대는 진주 금곡면 면장을 하는 정참봉의 무남독녀 정말려였다. 박판수보다 세 살이 더 많은 19세 처녀였다.

일제에 강점되기 직전, 몰락하던 조선왕조는 지방 토호들에게 참봉이라는 벼슬을 무더기로 하사했다. 공식적인 참봉의 임무는 왕실의 묘를 관리하는 것이었지만, 가끔 관아에 출석해 얼굴만 비추는 정도로 크게 할 일 없는 벼슬이었다. 조선을 점령한 일본 역시 현지인의 협력을 끌어내기 위해 지역유지와 유대를 중시해 참봉들을 면장이나 읍장에 임명했다. 박판수의 장인이 된 정참봉 또한 근동 제일의 부자였는데, 자의 반, 타의 반으로 면장이 되었다. 돈은 있으나 자손이 귀한 집안이었다. 정참봉은 아들을 보기 위해 첩을 여럿 들였다고 알려졌으나 본댁에서 겨우 딸 하나를 낳았는데 그 딸과 박판수의 혼인이 성사된 것이다.

박판수는 처음부터 결혼할 의사가 없었을뿐더러 면장이라면

의례 친일파일 것으로 짐작하고 그 딸이라 해서 아내 될 사람
을 만나보기도 전부터 싫어했다. 본인들의 의지를 무시하고 양
가의 결정으로 이루어지는 구식 결혼풍습에 대한 저항이기도
했다. 박판수는 '몰락하는 양반집에서 자신을 부잣집에 팔아먹
었다'고 친구들에게 불평하기도 했다.

  결혼을 해도 곧바로 함께 살지 않고 1년은 따로 살던 풍습이
남아 있던 시절이었다. 박판수는 결혼은 했다지만 실제 결혼생
활은 하지 않고 다른 친구들과 다름없이 활달한 학창시절을 보
냈다.

  박판수는 공부도 잘할뿐더러 특히 웅변에 탁월했다. 우렁찬
음성에 자신감 넘치는 연설은 일품이었다. 웅변대회에서 여러
차례 일등상을 타기도 했다. 체육에도 뛰어나서 4학년 때인
1937년 5월에는 기계체조 대회인 '비봉가대회'에 나가 최우수
상을 받았다. 이 공로로 60여 명 체조반원을 대표해 최우수상
트로피를 들고 기념사진을 찍기도 했다.

  낭만도 즐겼는데, 방학 때는 동기생 8명이 자전거를 타고 한
달 동안 전국일주를 하기도 했다. 자전거가 귀하고 비싼 시절
이었다. 다들 부잣집 아이들이라 자전거가 있었는데 박판수는
그럴 처지가 못 되었다. 자전거포에서 한 대 빌려 예비바퀴 하
나 달고 먹을거리 등을 싣고 전국을 누볐다.

당시의 자전거포는 오늘의 자동차 정비공장이나 같았다. 거기서 일하는 비슷한 나이의 강동근과 사귀어 자전거를 빌리기도 하고 축구공을 때우기도 했다. 강동근은 곱고 예의 바른 아이라고 그를 무척 좋아했다.

하지만 박판수의 마음은 공부 잘해 출세하는 데 머물지 않았다. 일본인 밑에서 농업기술을 배우던 그의 가슴속에는 늘 일본에 대한 적개심이 들끓고 있었다. 기계체조로 상을 받던 해, 박판수는 반일 학생운동 조직에 가담해 진주공립농업학교의 책임자가 되었다.

반일 학생조직은 몰래 모여 일본을 비판하는 학습을 하며 몇 차례나 동맹휴업을 일으켰다. 경찰에 쫓기면 자전거포 강동근을 찾아가 몸을 숨겼는데 박판수가 세 번이나 몸을 숨기러 오자 강동근은 박판수를 '스트라이크 대장'이라고 부르며 좋아했다. 이런 일을 통해 강동근도 항일운동에 뛰어들게 되고 해방 후에는 빨치산 활동을 하게 된다.

학생들은 몇 차례나 작은 싸움을 일으킨 끝에 조선인을 멸시하는 일본인 교장을 몰아내기 위하여 대규모 시위를 벌였다. 주동자는 전원 퇴학당할 위기에 처했다. 그러자 관련 학생들은 하나같이 학교와 경찰의 압박에 못 이겨 반성문을 쓰고 일왕에게 충성을 맹세해 용서를 받았는데 박판수만 끝까지 압력에 불복하여 퇴학당하고 말았다.

퇴학당한 박판수는 학교 교무실로 교장을 찾아가 강력히 항의하는 소동을 일으켰다. 놀란 교장은 겁을 먹어 출근도 못하고 숨어서 경찰에 도움을 요청했다. 경찰은 동산리 집으로 박판수를 찾아 나섰다.

"박판수 어디 있소?"

아버지 박도원은 경찰이 몰려오자 놀라서 아들이 집에 없다고 둘러댔다. 그러나 방 안에서 소리를 듣고 있던 박판수는 벌컥 문을 열고 형사들 앞으로 뛰어 나와 소리쳤다.

"박판수 여기 있소. 왜 그러시오?"

형사들은 박판수에게 교장이 겁먹고 출근도 못하고 있으니 화해하고 용서를 구하라고 권했다. 그러나 박판수는 당당히 소리쳤다.

"나를 잡아가려면 잡아가시오! 그래도 나는 끝까지 그놈의 일본인 교장을 가만두지 않겠소!"

형사들이 잡아가려는 것을 부모가 사정해 겨우 무마시키기는 하였으나 박판수는 끝내 퇴학 처리되고 말았다.

불가피하게 학교를 나오게 되었으나 박판수는 공부를 더 하고 싶었다. 출세를 위해서가 아니라, 세상을 깨우칠 인문사회학을 공부하고 싶었다. 공부를 하려면 일본으로 가야 했다. 일본 제국주의는 증오했지만 동양에서 인문학이나 사회과학을 제대로 공부할 수 있는 나라는 일본밖에 없었다. 일본인 중에도 진보적인 지식인들은 조선과 중국에 사회주의 사상을 퍼뜨리는 견인차 역할을 하였다. 항일의식을 가진 많은 조선인 청년이 일본으로 건너가 공부하였다. 박판수도 오로지 새로운 사상에 대한 열망으로 일본행을 결심했다.

일본으로 건너가 공부하려면 면장의 보증이 필요했다. 박판수는 어쩔 수 없이 장인의 도움을 받아야 했다. 정참봉의 보증으로 무사히 일본에 건너간 그는 일본의 옛 수도인 경도, 즉 교토의 동지사고등학교에 입학했다.

장인에게 돈까지 받은 것은 아니었다. 학비는 집에서 보내왔으나 용돈은 부족했다. 교토에 살던 둘째 누님 집에 얹혀살면서 신문배달과 날품팔이로 용돈을 벌어가며 학교에 다녔다. 그러나 얼마 다니지도 못하고 또다시 퇴학을 당하였다.

동지사고등학교는 기독교단에서 운영하는 보수적인 학교였다. 일본 왕이 교토를 방문하자 학교 측은 전교생을 환영식에 동원했는데 박판수는 고의로 이를 거부하고 출석하지 않았다. 또 지역주민과 학생들이 모인 행사에, 초대도 받지 않았는데 연단으로 뛰어 올라가, 참석한 일본인들에게 조선인을 핍박하지 말라고 일장연설을 하여 일본인들까지 박수를 치는 사건을 일으켰다. 당연히 퇴학이었다.

　이번에는 동경으로 건너가 일본대학 정치경제과에 입학했다. 동경과 교토는 꽤 먼 거리였다. 이 무렵 아내 정말려도 일본에 건너갔으나 박판수가 함께 살기를 거부했기 때문에 동경으로 가지는 못하고 교토에서 자신의 어머니와 함께 살고 있었다. 처음에는 친일파의 딸이라고 미워했으나 시간이 지나면서 조금씩 정이 든 박판수는 가끔 교토의 아내에게 들르곤 했다.

　일본에 유학 온 조선인은 다수가 친일파나 부유한 지주의 자식들이었다. 조국의 운명 따위는 그들에게 관심사가 아니었다. 박판수처럼 강제로 구식결혼을 한 본처를 고향에 놔두고 신여성이라 불리던 지식인 여성과 연애를 하거나 일본문화에 빠져 흥청망청 사는 이들이 많았다. 하지만 일본은 조국을 생각하는 젊은이들에게 좋은 배움터가 되었다.

　동경에는 저명한 일본인 사회주의자들이 여럿 활동하고 있었다. 조선인 유학생 중에도 이들의 영향을 받아 사회주의혁명 사상을 받아들인 이들이 꽤 있었다. 제국주의 침략전쟁 시절의 사회주의자들에게 제일의 적은 제국주의였다. 사회주의자는 제국주의에 반대하는 항일투사가 되기 마련이었다. 박판수도 여러 사회주의자들을 만나 마르크스의 경제이론이며 레닌의 제국주의론 등을 배우면서 사회주의 혁명이야말로 조선을 해방시킬 유일한 길이라고 확신하게 되었다. 이미 어려서부터 철두철미 반일정신을 갖고 있던 박판수에게 일본유학 시절은 일본을 쳐부수기 위한 구체적인 공부를 하는 기간이었다. 일본이 그에게 반일운동을 가르친 셈이었다.

국내에는 대학생이 귀하던 시절이었다. 일본유학생이라면 순사나 헌병들도 조심스럽게 대했다. 일본 유학생들은 고향에 올 때도 사각모에 검정 교복을 입었다. 유학생활 중 방학을 맞아 집에 온 박판수도 대학생 교복에 사각모를 쓰고 있었다.

박판수가 귀향하자 종갓집 대식구는 물론 마을 사람들까지 장차 마을의 지도자가 될 인물을 보기 위해 몰려나왔다. 그런데 박판수가 집으로 가기 전 마을 입구에 있는 하인 집으로 불쑥 들어가더니 정중하게 잘 다녀왔다고 존댓말로 인사를 올리는 것이었다. 계급을 철폐하고 만민이 평등한 새 세상을 만들어야 한다는 신념을 몸으로 직접 보여준 것이다.

일제의 호적제도로 보나 인습으로 보나 아직까지 신분의 귀천이 존재하던 시절이었다. 아무리 나이가 많은 노인이라도 하인 신분이면 누구에게나 허리를 구부려 인사를 해야 했고 양반집 아이들은 어렸을 때부터 하인에게 반말을 쓰도록 가르침을 받았다. 그런데 종갓집 둘째 아들이 늙은 하인에게 정중한 자세와 존댓말로 귀향인사를 했으니 난리가 나지 않을 수 없었다.

집안 어른들은 박판수의 행동을 법도 없는 짓이라고 크게 나무랐다. 그러나 박판수는 전혀 반성하지 않고 오히려 어른들에게 모든 인간은 평등하며 똑같이 대접받아야 한다고 강변했다. 선조의 재산은 대대로 장남에게만 상속되던 시절이었다. 그가 맏이로 태어났다면 전 재산을 하인과 소작인들에게 나눠주었을 것이다. 실제로 여운형 등 당대 사회주의자들이 재산을 그렇게 나눠주는 일이 드물지 않던 시절이었다. 함양 박씨 가문의 둘째 아들이 늙은 하인에게 인사한 이야기는 인근에 널리 퍼져나갔다.

　집에 머무는 동안 작은 사건이 벌어졌다. 읍내 이발소에서 무슨 일인지 일본인들이 기물을 부수고 조선인들에게 행패를 부린 것이다. 조선인들이 억울하게 매를 맞고 수모를 당했음에도 일본인들은 아무런 제재도 받지 않았다. 분개한 박판수는 일본 대학 교복에 사각모를 쓰고 주재소를 찾아갔다. 사각모를 쓰고 간 것은 일본인들도 사각모를 쓴 사람에게는 함부로 대하지 못했기 때문이다. 높은 자에게 약하고 낮은 사람에게 강한 것이 일본인이었다. 박판수는 일본순사들의 오금이 저리도록 쩌렁쩌렁한 목소리로 민족차별을 질타하고 시정을 요구했다. 순사들이 그 요구를 얼마나 반영했는지는 알 수 없으나 이 일로 박판수는 근동에 더 유명해졌다.

교토까지 따라와 살던 아내 정말려가 임신한 것은 1941년 말이었다. 이 무렵에는 박판수도 아내에게 예전과 달리 따뜻한 정을 느끼고 있었다. 아이는 이듬해 8월에 태어났다. 아들이었다. 박판수는 몹시 기뻐하며 아내의 노고를 위로했다.

그러나 아이의 탄생이 큰 불행을 불러올 줄은 몰랐다. 부유한 정참봉 내외는 출산을 앞둔 귀한 딸에게 비싼 인삼과 녹용을 잔뜩 달여 먹였다. 그런데 그것이 화가 되었는지 아니면 다른 문제였는지, 산모가 출산 직후부터 열병을 앓기 시작하였다. 열이 올라 정신을 놓은 산모는 출산 일주일 만에 숨이 끊어지고 말았다. 젖을 먹지 못한 아들 역시 일주일을 버티지 못하였다.

아내의 죽음을 목도한 박판수는 눈물을 흘리며 안타까워했다. 나중에 결혼하는 두 번째 아내 하태연에게는 말하지 못했지만, 친한 사람들에게는 갑자기 죽은 아내가 너무나 불쌍하고 안타까워 견딜 수 없었다고 고백하기도 했다. 아버지가 부자라는 이유로 아무 죄 없는 아내를 박대한 자신이 후회스럽고, 그 죄책감으로 오랫동안 괴로워했다. 제대로 행복할 시간도 없이 끝나버린 첫 결혼의 상처는 오래도록 남아서, 훗날 감옥에서 석방되었을 때도 아내 모르게 첫 아내의 무덤을 찾아가 위로하였다.

동경 생활도 오래가지 못했다. 아내의 죽음이 준 충격 외에도 날이 갈수록 심해지는 군국주의 지배는 그를 더는 일본 땅에서 버틸 수 없게 만들었다.

1931년 중국 땅 만주를 점령해 식민지 만주국을 세운 일본은 1937년부터 중국 본토를 공격해 들어가는 한편, 1941년 12월 7일에는 미국 진주만을 선전포고도 없이 기습해 본격적으로 2차 세계대전에 뛰어들었다.

독점자본의 식민지 수탈을 위해 벌어진 제국주의 전쟁의 희생양은 일본 민중과 조선인, 그리고 만주의 중국인이었다. 수많은 조선인이 전쟁터에 끌려가 총알받이가 되고 군수공장과 탄광에서 강제노동으로 죽어갔다. 만주의 중국인도 무수히 탄광에 끌려와 인간 이하의 혹독한 노동조건에 시달리다 죽어갔다.

전쟁 초기만 해도 일본인 젊은이는 누구나 강제 징집당한 데 비해 조선인은 애국심을 가질 수 없는 식민지인이라 해서 지원하는 사람만 받아들였다. 이에 따라 일제에 영혼을 팔아먹은 서정주, 김활란, 이광수 등 저명한 문인과 지식인들이 앞을 다투어 젊은이들에게 일본군에 자원하라는 글을 쓰고 선동연설을 하고 다녔다.

진주만 기습으로 전선이 급속히 넓어지고 사상자가 폭증하면서 절대적으로 군사력이 부족해지자 일제는 조선인과 일본인은 하나의 국민이라는 내선일체 논리를 내세워 무차별 강제 징병을 시작했다. 고등학생과 대학생은 학병이라는 이름으로 끌려갔고 나이 든 이는 군수공장으로 끌려갔다. 젊은 여자는 근로정신대라는 이름으로 일본군의 성노리개 아니면 공장노동자로 끌어갔다. 동경의 박판수도 언제 끌려가 총알받이가 될지 알 수 없었다.

아내가 죽은 이듬해인 1943년, 박판수는 일제의 징병을 벗어나기 위해 조선 땅으로 돌아왔다. 상황은 조선도 마찬가지였으나 최소한 집안의 도움을 받을 수 있다는 판단이었을 것이다. 다른 한편으로는 국제정세로 보아 일본의 패망이 멀지 않았다고 판단하고 해방에 대비해 건국을 준비하는 대열에 합류하기 위해서이기도 했다.

부모는 귀향한 그에게 곧바로 재혼을 권했다. 결혼을 하면 징병이나 징용에서 빠질 명분이 된다고 보아서였다. 비록 딸은 죽었어도 여전히 사위를 아꼈던 정참봉 내외는 그가 조선으로 돌아온 후에도 박판수의 부모와 친밀한 관계를 유지하고 있었다. 정참봉의 부인도 가끔 동산리에 찾아와 재혼을 권유했다.

전처의 장인, 장모까지 나서서 추진한 결혼은 빠르게 성사되었다. 상대는 진주에서 남쪽으로 삼십 리 떨어진 사천군 사남면 죽천리에 사는 선비 하종헌의 외동딸 하태연이었다.

3.

하
태
연

하종헌은 개화된 유학자였다. 훤칠한 키에 이목구비가 뚜렷하니 잘생긴 그는 일찍 상투를 자르고 잘 빗어 넘긴 머리에 검정 두루마기를 입고 다녔다. 두루마기 목 부위를 두른 하얀 동정은 늘 다림질되어 있었고, 발목에 맨 대님 아래 구두는 항상 깨끗하게 반짝거렸다. 나이가 들면서 하얗게 센 수염으로 더 품위 있어 보였다.

남해바다에서 십 리쯤 떨어진 사천읍 신작로 변에 살던 하종헌의 집은 박씨네만큼 넓은 농토는 없어도 그렇다고 궁색한 살림은 아니었다. 하종헌은 유학자들과 어울려 한시와 고사성어를 나누고 세상을 걱정하는 선비로 평생을 살았다. 자신의 옳고 그름에는 엄격하면서도 타인에 대해서는 너그럽고 따뜻한 성품을 가져 누구에게나 인생에 도움이 되는 충고를 해주었다. 근동에는 박애주의자로 널리 알려졌다.

이 점잖고 학식 높은 선비에게 유일한 불행이 있다면 자식 복이 없다는 것이었다. 아내 강석순과의 사이에 11명이나 되는 자녀를 낳았으나 그중 8명이 어려서 죽고 말았다. 매사에 열심이라 늘 깔끔한 생활을 유지하는 부부에게 잇단 아이들의 죽음은 위생 상태나 질병만으로는 해석할 수 없는 일이었다.

하종헌은 아직도 상투에 큰 갓을 쓰고 다니는 고루한 유림에 비하면 개화가 되었다지만 주역을 믿고 사주팔자를 믿는 한학자였다. 그는 자녀의 잇단 죽음을 천지신명의 뜻으로밖에 이해할 수 없었다.

두려운 것은 위로 두 아들과 딸 하나만을 남기고 모두 다시 데려가 버린 천지신명의 뜻이 어디서 끝날까 하는 것이었다. 남은 세 자식까지 불운을 당하게 되지나 않을까 늘 걱정에 사로잡혀 있었다. 특히 계란형 고운 얼굴에 맑은 피부, 큰 키가 자신을 꼭 빼닮은 막내딸 태연에게 나쁜 일이 생기지 않을까 전전긍긍했다.

어떻게 하면 더 이상 자녀들에게 불행이 닥치지 않을까 노심초사하던 하종헌은 무당의 충고와 자신의 음양학적 지식을 모두 모아 결론을 내렸다. 일찌감치 막내 태연을 재취 자리에 시집보내자는 것이었다. 나쁜 운을 액땜으로 막아보자는 뜻이었다. 하태연은 범띠로 1926년 음력 5월 12일, 양력으로는 6월 12일 새벽에 출생하였다. 범이 새벽에 나왔으니 정상적으로 시집을 보내면 곧바로 죽는다는 해석이었다. 화는 화로 막아야 한다는 결론을 내린 하종헌은 처음부터 재취 자리를 찾아나섰다.

재취 결혼이란 이제 겨우 17세 꽃다운 나이의 당사자에게는 수치스럽고 치욕적인 결정이었다. 그러나 주변 한학자들은 하종헌의 절박한 심정을 십분 이해했다. 하종헌이 동료학자들의 모임에서 이러한 뜻을 밝히자 모두 찬동했을뿐더러 서로 좋은 자리를 찾아주려고 나섰다.

한학자들 사이에 유력하게 떠오른 인물이 동산면 함양 박씨네 둘째 아들 박판수였다. 한 번 결혼을 했다지만 자식도 없이 아내가 죽었고 나이도 아직 25세인 데다 동경 유학까지 다녀와 씩씩하고 똑똑한 젊은이라는 세평이 하종헌을 흡족하게 했다. 하루라도 빨리 결혼을 시켜 징병과 징용에서 빼내려고 중매쟁이를 보채던 박씨 집안에서야 두말할 것도 없이 찬성이었다. 결혼은 막힘없이 추진되었다.

하태연은 경제적으로나 가정적으로나 남부럽지 않게 자라난 처녀였다. 여자로서는 드물게 보통학교도 졸업했다. 남자라도 웬만큼 잘 사는 집 자식이 아니면 학교에 갈 수 없던 시절이었다. 더구나 아직도 여자는 배워서는 안 된다는 봉건사상이 지배적인 탓에 부잣집 딸이라도 일자무식인 경우가 많았다. 여자애가 보통학교에 다니는 일은 희귀했다. 하태연이 다닌 학교는 한 반이 60명이었는데 여학생은 11명뿐이었다. 그녀가 학교에 다닐 수 있었던 것은 유학자라도 개화된 아버지 덕분이었다. 하종헌은 두 아들도 일본에서 공부시켰는데 작은아들 하치양은 이 무렵 오사카에서 공업전문학교에 재학 중이었다.

신기하게도, 하태연은 혼담을 쉽게 받아들였다. 아버지가 가져온 박판수의 사진을 보더니 아무 말 없이 빙그레 웃음으로써 수락의사를 밝혔다. 그리고 얼마 후 좋은 가마 한 대가 나타났다. 어른들이 다 출타하고 빈집을 지키던 하태연은 이내 박씨 집안에서 온 가마라는 걸 알아채고는 얼른 방에 들어갔다.

박판수의 어머니 정하녀는 달이 안 떠도 환하다는 소리를 듣는 미인이었다. 거기에 호롱불을 안 켜도 된다는 화사한 비단 한복을 입으면 우아한 기품이 절로 주변을 밝혔다. 하태연이 방문 틈으로 내다보니 지금까지 본 적 없는 아름다운 귀부인이 가마에서 내려 사립문을 흔들었다. 조심스레 나가서 맞이하고 고개를 숙이니 귀부인은 소녀의 얼굴이며 옷매무새를 꼼꼼히 살펴보았다. 몇 마디 주고받은 다음 귀부인은 흡족한 표정으로 돌아갔다.

한 달 후에는 박판수가 형 박봉윤과 함께 하태연의 집을 찾았다. 하태연은 방문을 열어놓고 방 안에서 책을 읽고 있었다. 결혼하기 전에는 신랑신부가 서로 얼굴도 못 보는 게 구식결혼의 규범이라 두 형제는 안으로 들어오지도 못하고 담장 너머에서 펄쩍 펄쩍 뛰어 집 안을 살펴보았다. 하태연은 모르는 척 계속 책만 읽었다.

육십 리 먼 길을 걸어 집에 돌아간 박판수는 궁금해하는 어머니에게 웃으며 말했다.

"이마에서 뒤통수로 넘어가려면 도시락을 싸 가지고 한 번 쉬었다 가야겠습디다."

앞짱구 뒤짱구라고 놀리는 말이었으나 싫다는 소리는 없었다. 내심 마음에 든 것을 그리 표현한 것이다. 혼인은 성사되었다.

하종헌은 딸의 결혼을 위해 값비싼 삼층장을 장만해주었다. 아름다운 삼단 옷장인데, 남방에서 수입한 자단으로 만든 것이었다. 자단은 장미처럼 붉은 기운이 도는 데다 장미 향기가 난다고 해서 장미목이라고도 했다. 보통 여자들은 해 가기 어려운 사치스런 혼수품이었다.

결혼하면 1년을 친정에서 묵는 관습에 따라 그대로 집에 머물던 하태연은 이듬해인 1944년 봄이 되어서야 동산리 박씨 집으로 들어가 살림을 시작했다. 신랑 나이 26세, 신부 나이 18세였다. 박판수의 누나들은 다 시집가고 형의 가족과 부모님만 살고 있었다. 아끼고 아끼던 외동딸을 시집보낸 하종헌은 바다 근처에서 자라난 딸이 좋아하던 문어를 사다 주곤 하며 자식의 행복을 빌었다.

막상 결혼을 하고 보니 부부는 의식수준이 너무 달랐다. 전쟁이 막바지로 치닫던 이 무렵, 학교에서는 일본과 조선이 하나라는 내선일체, 동양인은 단결해 서양인과 맞서야 한다는 대동아단결론밖에 배우는 게 없었다. 시골에 살면서 신문조차 거의 접해볼 일 없는 조선인은 독립운동을 하는 사람을 만나보기는커녕 근동에 그런 사람이 있다는 소문조차 들어보지 못한 이들이 대부분이었다. 일제의 지배 아래 태어나 온전히 그 밑에서 자라난 젊은 세대는 더했다.

조선인의 민족정신을 없애는 제일의 방법을 언어말살이라고 본 일제는 학생들에게 카드를 열 장씩 나눠준 후 한 마디라도 조선말을 쓰면 상대방 학생이 카드를 빼앗도록 했다. 욕도 일본어로 해야 했고 깜짝 놀라 무의식중에 '엄마!' 하고 소리쳐도 카드를 뺏겼다. 카드를 다 뺏긴 아이는 크게 혼나는 반면, 카드를 많이 모은 학생은 상을 받았다. 아이들은 할 말이 있어도 실수할까봐 입을 다물고 한 마디를 뱉을 때도 조심스러워 쉬는 시간에도 교실이 조용할 지경이었다.

아이들은 미국과 영국을 물리쳐야 한다는 말을 하도 많이 듣고 살아서, 어떻게든 이 전쟁에서 일본이 승리해야 한다는 생각이 뇌리에 박혀 있었다. 갈수록 전세가 악화하는 막바지까지도 일제는 이를 숨기고 대대적으로 승전하고 있다는 거짓 보도만 하니 더욱 그러하였다. 어른들조차도 조선이 일본을 도와 전쟁에서 이기면 조선인을 일본인과 동등하게 대우해준다는 선전에 속아 넘어가고 있었다.

혼인 무렵의 하태연 역시 조선이 독립하기 위해서라도 일본이 전쟁에서 이겨야 한다는 생각을 하는 수준이었다. 이런 그녀에게 자본주의 체제 자체를 무너뜨려야 한다는 사회주의 사상은 혼자 공부해서 이해할 수 있는 수준이 아니었다. 하태연이 신혼방에 들어가 보니 살림이라고는 자신이 사 간 장미목 삼층장 외에는 책밖에 없는데 하나같이 자본론이니 정치경제학 같은 사회주의 이론서들이었다. 원래 독서를 좋아하고 공부하고 싶은 욕구도 강한 하태연이었으나 보통학교밖에 나오지 못한 그녀로서는 도저히 이해하기 어려운 책들이었다. 남편이 권하니까 마음먹고 읽어보려 해도 재미가 없어 책장이 넘어가지 않았다.

　검정고시 제도가 있을 때였다. 박판수는 어린 아내가 사회주의 사상을 제대로 이해하려면 학식이 많아야 한다고 생각해 우선 검정고시 공부를 하도록 했다. 박판수는 과목별로 가르친 다음 숙제를 잔뜩 내어 뒷동산에 데려다놓고 숙제를 다 하면 내려오라고 했다. 공부머리가 좋았던 하태연은 금방 숙제를 끝내고 내려오면서 진달래꽃이며 들꽃을 한 아름 꺾어 오곤 했다. 며느리가 집안일은 안 하고 공부한다고 산에 올라갔다가 진달래를 꺾어 올 때면 시어머니 정하녀는 기가 막혀 멍하니 쳐다보았다. 친정집에 갈 때는 의문이 나거나 모르는 공부거리를 적어 가서 오빠들에게 배워 왔다.

　박판수는 아내의 무지를 타박하지 않았다. 이해 못 하는 걸 당연하게 받아들이고 자기 사상을 전파하려고 크게 애쓰지도 않았다. 무식하다고 무시하는 일도 없었다. 양반집 법도대로, 나이가 여덟 살이나 어린 아내에게 함부로 말을 놓지도 않았다. 여보라거나 당신이라는 단어를 사용하지 않고도 대화는 이루어졌다. 꼭 불러야 할 때면 '여보시오', '여봐요' 식으로 불렀다. 이때의 버릇으로 박판수는 죽을 때까지 하태연을 여보라고 부른 적이 없었다.

　공부를 좋아하는 것은 박씨 집안의 가풍이었다. 박판수의 형과 누나들도 하나같이 글을 좋아했는데, 큰며느리인 박판수의 형수도 남편을 뛰어넘는 문장가라고 칭송받을 정도로 한학에 조예가 깊었다. 명절이나 제사 같은 집안의 큰일이 있어 며느리와 딸들이 모이는 날이면 다들 고운 한복을 입고 앉아서 각자 한지에 축문이며 한시를 써 서로 경쟁하며 읽어주고 노는 모습이 우아하기까지 했다.

억척스럽게 농사일을 하는 어머니만 보아온 하태연은 명절날 여자들이 한시를 주고받으며 노는 모습이 신기하기도 하고 부럽기도 했다. 처음 시집왔을 때는, 이렇게 놀고먹기만 하니 이 집안은 곧 망하고 말 거라는 생각까지 들었다. 하지만 이런 분위기 때문에 그녀는 시집온 이래 기본적인 집안일 외에는 공부를 할 수가 있었다. 집에는 길쌈이니 다듬이질이니 늘 여자들이 해야 할 일이 있기 마련이라 공부만 하고 있으면 동서에게 미안했는데, 도무지 남의 눈치를 보지 않는 박판수는 아내에게 공부만 하도록 강권했다. 덕분에 그녀는 중학교 졸업 검정고시에 쉽게 합격할 수 있었다.

항일의식으로 똘똘 뭉친 남편과 살을 맞대고 살다 보니 자연히 일본에 대한 적개심을 갖게 되었다. 더구나 얼마 후 오사카에서 공업전문학교에 다니던 작은오빠 하치양이 교내 항일지하조직에 가담했다가 다른 조선인 학생 6명과 함께 체포되어 조선으로 이송되는 사건이 생겼다. 징역 3년 형을 선고받고 대구형무소에 수감된 하치양은 하태연에게 각별한 오빠였다. 하태연은 오빠가 석방되기 위해서라도 조선이 독립을 해야 한다는 염원을 가지게 되었다.

1945년 1월 8일 두 사람 사이에 첫아이가 출생했다. 딸이었다. 손이 귀한 집안에 아들 하나 나오기를 고대하던 시집 어른과 친정 부모는 퍽 실망스러워했으나 남녀평등을 주장하는 사회주의자 박판수는 기쁘기만 했다. 딸의 이름은 현희로 지었다. 원래 박판수는 조선의 꽃이란 뜻으로 선화라 부르기를 원했는데 집안 어른인 면장이 너무 강한 이름이라고 반대하며 현희라는 이름을 지어준 것이다.

전쟁이 막바지로 치달으면서 대부분의 조선인은 하루하루 연명하기도 어려워졌다. 일제는 식량이란 식량은 전부 군수용으로 공출하고도 모자라 숟가락, 솥뚜껑까지 총알 제조용으로 빼앗아 갔다. 심지어는 산에 들어가 소나무에서 송진까지 채취해 오도록 했다. 땅이 아무리 많은 사람이라도 일단 소출을 다 빼앗기고 배급을 받아야 했는데 쌀 대신 만주에서 들여온 콩이며 옥수수를 나눠주기 일쑤였다. 그 와중에도 앞장서 친일하는 자들은 별 아쉬움 없이 살았지만 박씨네처럼 소작인에 의존해 살던 전통 지주들은 소작료마저 받지 못하고 공출만 당해 생전 겪어보지 못한 빈궁을 겪어야 했다.

그래도 나름대로 행복한 시간이었다. 박판수는 갓 태어난 딸을 너무나 예뻐했다. 그런데 딸을 들여다보고 있노라면 딸보다도 더 아름다운 아내의 얼굴이 먼저 다가왔다. 그는 훗날 갓난아이를 안고 있는 19세 아리따운 아내를 보고 있노라면 스르르 넋이 빠져버렸다고 회상하곤 했다.

하지만 집에 머물다가는 언제 징병을 당해 남의 나라를 침략하는 전쟁에서 총알받이가 될지 몰랐다. 박판수는 갈수록 극악해지는 일제의 막바지 징병을 피해 함양군 서하면으로 갔다. 전시체제가 강화되면서 보통학교는 국민학교로, 고등보통학교는 중학교로 명칭이 바뀌어 있을 때였다. 서하국민학교에는 친척 박호윤이 교편을 잡고 있었다. 진보적인 민족주의자로 아직 총각이던 박호윤은 반갑게 박판수를 맞이해 함께 살게 되었다.

함양군은 진양군에서 보자면 북쪽으로 굽이굽이 이백 리가 넘는 먼 곳이었다. 자리 잘 잡았다는 전보라도 보내오면 좋으련만, 한 번 떠난 남편은 봄이 가고 여름이 다 지나도록 소식이 없었다.

박판수가 돌아온 것은 1945년 8월 10일, 무더위가 한창일 때였다. 그는 서하국민학교에 임시교사로 취직이 되었다며 집에 오자마자 함께 돌아갈 길을 서둘렀다. 학교 사택을 얻었다고

했다. 돌도 안 지난 딸을 안고 길을 떠난 것은 8월 15일 아침이
었다.

대중교통 수단이 드물 때였다. 큰 도시 사이나 목탄으로 움
직이는 버스가 다닐 뿐, 농촌 지역은 다들 걸어 다니거나 운이
좋으면 화물차 짐칸을 얻어 탔다. 갓난아이 때문에 걸어가기
어려웠던 차에 마침 함양으로 향하는 화물차를 얻어 탈 수 있
었다.

세 식구가 짐을 가득 실은 화물차 맨 꼭대기에 앉아 흙먼지
날리는 신작로를 달려 함양군에 들어섰을 때였다. 목적지인 서
하면을 얼마 앞두고 수동면 사근리를 지나는데 많은 사람들이
마을 앞에 몰려나와 있었다. 무슨 일인가 궁금해서 차를 세우
고 물어보니 사람들이 소리쳤다.

"일본이 졌답니다!"

"조선은 해방됐어요!"

꿈결 같은 해방소식이었다. 이날 정오에 일왕 히로히토가 연
합군에게 무조건 항복을 한다고 울먹이며 방송을 했는데, 라디
오도 마을에 한 대나 있을까 말까 귀한 시절이라 사람들이 뒤
늦게 소식을 알고 몰려나온 것이다.

"만세! 만세!"

사람들은 곳곳에서 만세를 부르며 서로 부둥켜안고 감격의

눈물을 흘렸다. 화물차 운전사도, 화물차 짐 위에 올라앉아 있던 이들도 모두 차에서 뛰어내려 사람들과 어울려 양손을 추어올려 만세를 불렀다.

박판수 부부도 기쁨을 이기지 못하고 차에서 내려 눈물을 흘리며 사람들과 어울려 만세를 외쳤다. 하태연은 해방되었다는 사실도 기뻤지만, 대구형무소에 갇혀 있는 작은오빠가 석방되리라는 희망에 부풀어서 딸아이를 꼭 끌어안고 기쁨의 눈물을 흘렸다.

4.

서
하
시
절

해방이 되던 날, 서하국민학교 학생 중에는 눈물을 흘린 아이가 많았다. 조선이 독립했다는 감동 때문이 아니었다. 일본이 망했다고 슬퍼서 운 것이다. 일본인 교사 밑에서 배운 학생들만이 아니었다. 불과 며칠 전까지도 일본군이 남태평양을 뜻하는 남양군도와 중국 내륙에서 연전연승을 거두고 있다는 보도를 들으며 대일본제국이 영원하리라 굳게 믿고 있던 친일파들도 통한의 눈물을 흘렸다.

일제의 세뇌 교육에 물들어 있던 학생들이 조선독립의 의미를 깨닫는 데는 그리 오랜 시간이 걸리지 않았다. 학생들은 어른들과 함께 8월이 다 가도록 매일 읍내로 몰려나와 만세를 외쳤다. 흥분한 젊은이들은 밤늦도록 봉화를 피워 올리고 그동안 자신들을 괴롭힌 경찰관이나 관리를 잡으러 다녔다. 부유한 친일파의 집은 한밤중에 날아온 돌멩이로 유리창이 박살 나기 일쑤였고 재빨리 숨었다가 들통이 난 조선인 악질 경관이 흠씬 몰매를 맞는 일도 곳곳에서 벌어졌다.

해방과 동시에 박판수가 맡은 직책은 건국준비위원회, 약칭 건준의 진양군 치안책임자였다. 진양군 경찰서장에 해당하는 직위라고 할 수 있었다. 건준은 일본의 패망을 맞아 여운형 등 사회주의자들이 중심이 되어 만든 조직인데, 꼭 사회주의자가 아니더라도 각 지역에서 덕망 높은 애국지사는 대부분 포함되어 있었다.

국제적으로는 북위 38도를 기준으로 이북에는 소련군이 들어오고 이남에는 미군이 들어와 각기 군사정부를 만들어 치안을 유지하도록 합의되어 있었으나 아직까지 미군은 들어오지 않은 상황이었다. 장차 조선인에 의한 정부를 목표로 세운 건준은 일본인이 달아나 마비되어버린 행정관청을 접수하고 치안 공백을 메우는 일에 역점을 두었다.

박판수를 비롯한 건준 치안대의 활동으로 조선 땅에 남은 일본인 관헌과 관리, 민간인은 거의 피해를 보지 않고 질서 있게 일본으로 돌아갈 수 있었다. 흥분한 조선인에게 맞아 죽은 일본 관헌은 전국적으로 따져도 그리 많지 않았다. 일본인이 본 국으로 돌아가는 과정에서 겪은 굶주림이나 수모는 지난 40년 가까운 세월 동안 조선인이 겪은 고통과 치욕에 비하면 거론할 가치도 없을 만큼 미미한 것이었다.

해방 직후의 평화적인 분위기는 건준의 힘이었다. 하지만 9월 중순 조선 땅에 진입한 미군은 군사정부를 설치하고, 일체의 자치행정이나 치안활동을 금지했다. 그들에게 조선은 독립된 국가가 아니라, 남태평양 섬들과 마찬가지로, 일본이 철수하면서 주인 없이 남겨진 땅이었다. 그들의 눈에 조선은 새로운 식민지에 불과했다. 머지않아 소련의 강력한 견제로 독립국가 수립을 허용할 수밖에 없게 되지만, 처음에는 식민지나 다름없는 지배권을 유지하고 싶어 했다.

박판수는 한동안 서하국민학교 교사직을 유지하였다. 교사로서 박판수는 학생들에게 강렬한 인상을 남겼다. 그의 목소리는 쩌렁쩌렁 교실을 울렸고 두 눈은 형형한 정기로 번쩍였다. 서하국민학교에는 그의 친인척이 다섯이나 학생으로 공부하고 있었다. 그들은 박판수가 매우 특별한 사람이라는 걸 아주 자랑스러워했다.

동생뻘 되는 친척들은 해방될 무렵 대내아제가 서하국민학교 선생으로 온다는 소리를 들었다. 대내아제란 박판수를 가리키는 택호다. 학생들은 박판수가 일본에서 독립운동을 하다 온 사람으로, 경찰관을 두들겨 패서 서하로 피신 왔다고 알고 있었다. 해방과 함께 부임한 박판수는 이내 학생들의 혼을 사로잡았다. 민족의 부흥에 대한 강력한 신념, 무엇을 물어도 막힘없이 설명해주는 방대한 지식은 학생뿐 아니라 다른 선생이며 지역의 지식인들을 감동시키기에 충분했다.

박판수가 있는 서하국민학교는 경상남도 서부지역의 진보적 지식인이면 한 번쯤 들르는 곳이 되었다. 함양은 물론 진주, 진양, 산청, 하동 등지에서 어떻게들 알고 찾아오는지 몰랐다. 전종수, 노길영, 하준수, 이철생, 하갑수 등 일제강점기부터 항일운동으로 이름난 경남 서부지역의 진보적 젊은이들이 매일같이 학교에 찾아와 밤을 새워 토론하고 돌아갔다. 다들 밤인지 낮인지 구별도 못하고 오로지 새 조국을 만들기 위해 뛰어다녔다. 그중에서도 하준수는 훗날 이북 인민군 중장으로 동해남부 유격대 사령관을 맡아 부산 북부지역에서 활약하였는데, 날쌘 체구에 눈빛이 강렬한 사람이었다.

박판수는 조직, 선동, 교육, 선전 등 모든 분야에서 단연 뛰어났다. 사람들은 박판수를 만나 대화를 하고 나면 속이 다 후련하다고 하며 '금 캤다' 고 난리였다. 반면 경찰과 지역유지들은 서하면이 '빨갱이 소굴' 이 되었다고 개탄했다.

학교 수업을 등한시한 것은 아니었다. 6학년 졸업반 담임을 맡아 가르쳤는데 일본대학 유학생답게 고등보통학교를 나와 선생이 된 이들과는 확연히 실력 차이가 났다. 해방 무렵 서부 경남에서 제일 들어가기 어려운 학교는 훗날 진주여중이 되는 일신학교였는데, 여자 졸업생 중 이 학교에 시험을 치른 아이 는 모두 합격했으며, 남학생들도 중학교에 못 들어간 아이가 없었다.

글을 잘 쓰는 박판수는 학교 응원가도 직접 작사, 작곡했다. '용감한 우리 선수 한 번 나가면 거칠 것이 없도다. 천만 적수 들아 보아라'로 시작되는 응원가는 따라 배우기도 쉽고 기운차 서 금방 인기곡이 되었다. 운동회 때 홍군과 백군으로 나누어 기마전을 하는데 양쪽 응원단에서 부르는 박판수의 응원가는 교정을 흥분의 도가니로 몰아넣었다. 가사로 보아서는 일개 학 교의 응원가라기보다 마치 친일매국노를 모조리 때려잡자는 걸로 이해하기에 충분한 응원가를 부르며, 상대방 기마의 머리 띠를 벗기려 몰려다니는 광경이 장관이었다.

학교 교장이 함경도 출신이라 사냥을 좋아해서 가끔 지리산 에서 멧돼지를 잡아오면 사택에서는 큰 잔치판이 벌어지기도 했다. 국민학교라지만 스무 살이 다 되어 결혼한 남학생도 있 었고 여학생도 대개는 십대 후반으로, 다 큰 처녀들이었다. 멧

돼지를 잡는 날이면 각자 집에서 반찬을 해 가지고 모여 밤을 새워가며 놀았다. 감자도 귀한 시절이라 멧돼지 고기에 감자며 고추장만 넣어 지글지글 끓여도 성대한 진수성찬이었다.

이 무렵 박판수의 심부름은 친척이자 학생인 김영순이 도맡았다. '자야'라는 애칭으로 불리던 김영순은 박판수 부부의 아이도 돌보고 잔심부름도 잘해서 하태연과 각별히 친하게 지냈다.

박판수는 시간만 나면 새로운 조국은 만민평등의 민주주의 공화국이 되어야 한다고 강변했다. 미국이 새로운 지배자로 등장한 이남의 현실을 개탄하며, 사회주의만이 조선인을 행복하게 할 수 있다고 열변을 토했다. 박판수의 가르침에 따라 서하 국민학교 출신 중 여럿이 좌익활동가가 되었고 그중에는 나중에 박판수를 따라 지리산에 올라가 빨치산을 하다 죽은 남녀학생도 여럿 있었다.

이상의 새 조국 건설은 쉽지 않았다. 미국은 일본제국주의보다 사회주의를 더 두려워했다. 일본을 점령한 맥아더의 미군은 일본인에게 더없이 관대했다. 형식만 군정일 뿐 일본인의 자치를 허용하고, 일본 자본주의 재건을 위한 지원을 아끼지 않았다. 일본에는 공산당도 허용되고 일찌감치 지방자치도 정착되었다. 미국 고위관리가 대개 그렇듯이, 맥아더는 일본 문화와 일본인을 너무 좋아해서 동경에서 한 발짝도 벗어나지 않고 일본인과 어울렸다. 반면, 조선은 자기 나라 하나도 지킬 줄 모르는 미개하고 게으른 민족으로 보았다.

미군정은 조선인의 독자적인 정치활동을 못마땅하게 생각했다. 그 첫 번째 규제대상은 사회주의세력이었다. 일본이나 독일의 파시즘보다 사회주의를 더 혐오한 맥아더와 미군 장교들은 군정이 정비된 1946년 벽두부터 조선공산당을 위시한 사회주의 세력에 대대적인 공격을 가해왔다.

미군정은 이해 5월 조선공산당의 당보인 해방일보를 인쇄하는 조선정판사에서 위조지폐를 만들었다는 누명을 씌워 당사를 폐쇄하고 대중의 지탄을 받도록 여론을 조작했다. 이른바 조선정판사 위폐사건이었다. 우익 신문들은 조선공산당이 당 차원에서 위폐를 찍었다는 미군정과 경찰의 주장을 그대로 전제하고 반대 증언을 묵살함으로써 여론 조작의 주력으로 활약했다.

미군정은 8월 말에는 조선공산당이 무장폭동을 모의했다는 누명을 씌워 최고지도자인 박헌영을 비롯해 이주하, 이강국 등 주요간부를 체포하거나 수배했다. 조선공산당은 일제강점기부터 국내외에서 항일운동의 주력으로 활약해온 사회주의자들로 구성되었는데, 해방 직후 만들어진 40여 개 정당 중에서 단연 압도적인 지지와 조직력을 갖추고 있었다. 그러나 정판사 사건과 이른바 8월 폭동 사건으로 박헌영을 비롯한 지도부가 대부분 이북으로 올라가면서 사실상 해체되었다.

진보세력은 미군정의 탄압에 맞서 조선공산당뿐 아니라 조선인민당, 남조선신민당 같은 진보적인 정당을 하나로 묶는 새로운 대중정당을 추진했다. 이 작업은 이북 지역에서도 함께 진행되어 이남에는 남조선노동당이, 이북에는 북조선노동당이 창당되었다.

남로당은 사회주의자뿐 아니라 애국적 민족주의자와 사회민주주의자 등 남북통일과 친일파 청산을 바라는 진보적 양심세력이 연합한 정당이었다. 1946년 11월에 창당 후 불과 수개월 만에 20만 당원을 받아들였다. 3만 명의 정예 사회주의자 조직이던 조선공산당에 비하면 당원의 지식수준이나 경력은 낮았으나, 투쟁의지는 그에 못지않았다.

미군정과 우익은 남로당을 조선공산당의 후신으로 보고 즉각 공격을 퍼부었다. 남로당은 합법적인 정당으로, 미군정 장관까지 결성식에 참석했음에도 불구하고 결성식이 끝난 직후 우익테러단이 수류탄을 터뜨려 신문기자의 손가락이 날아가는 등 처음부터 혹독한 시련을 겪어야만 했다.

남로당은 결성 직후부터 이남 지역의 통일운동과 민주주의

투쟁을 주도하는 세력으로 부각되었다. 그들을 투쟁으로 내몬 것은 다름 아닌 미군정이었다. 미국은 유럽과 아시아에서 급속히 세력을 확대하는 사회주의 소련을 막기 위해 모든 수단을 동원했다. 미국 내부에서조차 매카시즘이란 이름으로 좌파에 대한 광범위한 제거작업을 벌이던 미국이 한낱 식민지에 불과한 조선반도에서 하지 못할 일은 아무것도 없었다. 미국은 처음부터 소련군이 진주한 이북을 포기하고 이남에만 따로 자본주의 정부를 세우려는 분단정책을 추진했다.

미군정의 정책은 자본과 지식을 독점한 친일매국노, 대지주의 지지 위에서만 가능했다. 미군정은 일제치하에서 독립군을 때려잡던 경찰부터 일제 관청에서 조선인을 수탈하던 매국관리, 일제의 전쟁터에 조선인 청년과 처녀를 공급해주던 친일파 문화예술인들을 자신의 보조자로 이용했다.

일반 민중은 분노할 수밖에 없었다. 해방된 조국에 경찰도 행정관청도 모두 일제치하에서 일본인의 수족이 되어 조선인을 탄압하고 착취했던 자들이 그대로 눌러앉아 있는 것을 가만히 두고 볼 수는 없었다. 오랜 식민지시대가 끝나자마자 조국이 두 동강 나는 것을 용납할 수도 없었다. 미군정과 경찰, 우익의 극심한 방해에도 남로당에 20만이나 되는 젊은이가 입당한 사실이 이를 증명했다.

남로당은 친일매국노 청산과 통일정부 수립을 요구하며 싸울 수밖에 없었고, 미군정과 우익은 무자비한 폭력과 언론조작으로 이들을 제거하려 들었다. 소련의 지원 아래 사회주의자들이 주도하는 가운데 일사불란하게 국가 건설을 추진하는 이북과 달리, 이남의 혼란은 불가피했다.

　　미군정과 남로당의 대립은 시간이 갈수록 격화되었다. 남로당은 미군정의 실정과 단독정부 수립 추진에 항거해 잇달아 총파업과 대규모 집회를 열었으나 조직하기 쉬운 노동자 숫자가 수십만에 불과한 반봉건사회에서 파업의 위력은 크지 않았다. 더욱이 파업과 집회는 미군정으로부터 무기와 자금을 지원받는 서북청년단 등 우익테러단에 의해 무자비하게 파괴되어 참여자는 날이 갈수록 줄어들었다.

　　박판수는 1947년 들어 학교를 그만두고 남로당 서하면당 위원장 활동에 전력했다. 미군정과 우익을 비판하며 남북통일을 주장하는 유인물을 배포하고 당원 확보를 위한 비밀 조직 활동에 밤과 낮이 따로 없었다.

　　이때 전국적으로 2·7총파업투쟁이 벌어졌는데 함양군에서도 대대적인 투쟁이 벌어졌고 박판수는 그 최고지도자로 맹렬히 활동했다. 이 지역에서 2·7투쟁이 얼마나 크고 기념비적이었는지 나중에 빨치산 부대명을 지을 때도 2·7부대를 만들었을 정도다.

교사직을 그만두어 생활도 어려워진 데다 당 활동을 한다고 활동비가 나오는 것도 아니었다. 하태연은 남편이 가족은 신경 쓰지 않고 밖으로만 나도는 게 야속해 짜증도 많이 부렸지만 말릴 길이 없었다. 둘째를 임신하면서 이제는 나아지려나 희망도 품어보았지만 남편은 갈수록 바빠질 뿐이었다. 남편의 사고는 가족을 지켜야 한다는 의무감으로 속박하기에는 너무 멀리 나가 있었다. 남편의 머릿속에는 오로지 조국과 민족의 미래밖에는 들어 있지 않은 것 같았다.

열정적으로 활동한 결과, 면당 위원장이던 박판수는 몇 달 안가 함양군당 위원장으로 승진했다. 일은 더 많아지고 더 바빠졌다. 박판수가 함양군당을 맡고 얼마 후 하동, 산청 등 경남서부 4개 군당위원장 회의가 열렸다. 함양군 안의면에 있는 사찰 용추사에서였다. 하준수 등 대표자들은 날이 갈수록 암울해지는 정치현실에 대해 논의하고 대규모 집회를 열기로 결정했다.

인구 대다수가 농사를 지어 농촌지방의 인구가 도시보다 많을 때였다. 1947년 7월 27일, 함양군 안의면 안의국민학교에서 남로당이 주최한 미군정 규탄대회에는 헤아릴 수 없이 많은 주민이 모여들었다. 함양군 소재 10개 면 단위에서 모여든 농민들은 넓은 학교운동장을 가득 채우고도 모자라 주변까지 빼곡히 들어찼다. 젊은 남자들뿐만 아니라 어린 학생부터 노인, 아기 업은 부인들까지 함양군민이 다 모인 것 같았다.

하태연은 둘째를 가져 잔뜩 부른 배를 가누며 세 살짜리 딸을 업고 서하에서 안의까지 면민들과 함께 행진해 참석했다.

"미국놈은 아메리카로!"

"미군정은 태평양 밖으로 떠나라!"

외치는 구호마다 하태연의 가슴을 두근거리게 했다. 그날따라 몹시 바람이 불어 마을 단위로 만들어 온 무수한 깃발이 펄럭이는 소리가 마치 힘차게 뛰는 심장소리처럼 사람을 흥분시켰다.

지역대표 몇 명이 차례로 연단에 올라가 연설했다. 그중 박판수의 연설은 단연 압권이었다. 남로당의 전신인 조선공산당 간부의 80%가 양반가문 출신 지식인이란 말이 있듯이, 사회주의자들 대부분은 점잖고 사람 좋은 지식인이어서 군중 앞에서 연설할 때도 차분하고 어려운 말을 잘 썼다. 이에 비해 박판수의 연설은, 그 음성이 워낙 큰 데다 내용도 쉽고 간결해서 가슴에 와 닿았다. 그는 연설하는 내내 열띤 박수갈채를 받았다.

하태연은 먼 길을 걸어 집회장에 참석할 때만 해도 남편이 왜 가정을 등한시하고 생활비조차 제대로 안 가져오면서 밖으로만 나도는지 불만에 차 있었다. 그런데 연설하는 남편의 모습이며 열렬한 박수갈채를 보내는 군중을 보면서 생각이 바뀌었다. 다른 강연자의 목소리는 펄럭거리는 깃발 소리에 잘 알아들을 수도 없는데 저 멀리서도 들리게끔 우렁찬 목소리로, 또 노인과 아이도 알아들을 수 있도록 쉽고 명쾌하게 연설하는 남편을 보니 얼마나 자랑스러운지 몰랐다.

"저분이 우리 애기 아버지입니다."

함께 행진해 온 면민들에게 큰소리로 자랑하고 얼마나 기분이 좋은지 몰랐다. 사람들도 그녀의 마음을 알아주었다.

"함양군당 위원장이 최고야. 참 똑똑한 사람이네."

"박판수 씨가 진짜 지도자감 아니겠어?"

하태연은 이날 박판수가 자신의 남편만으로는 살아갈 수는 없는 사람이라는 걸 깨달았다. 나라를 위해 큰일을 할 사람이라고 생각하게 된 것이다. 이전에는 가정에 소홀하고 관심 안 둔다고 투정도 많이 하고 섭섭해했는데 그날 그 시간부터 생각을 고쳐먹었다. 가정이라는 작은 그릇으로 담을 수 있는 사람이 아니라고 생각하니 오히려 홀가분한 마음도 들었다. 더는 보채지 말고, 마음으로나마 열심히 후원하며 혼자 살림을 꾸려나가야겠다고 굳게 결심했다.

하태연의 결심은 당일로 현실이 되어버렸다. 대규모 집회가 끝나자마자 경찰은 주동자에 대한 일제검거에 들어갔다. 붙잡히면 우익테러단에게 끌려가 쥐도 새도 모르게 맞아 죽을 판이었다. 정규 경찰관조차 체포한 좌익을 때려죽이거나 처녀를 강간으로 고문하는 일이 예사였다. 법의 저촉을 받지 않는 깡패집단 서북청년단이니 족청이니 하는 우익테러단의 잔인함은 인류의 한계를 넘어섰다. 박판수와 지역대표들은 그날 밤으로 도피해 지리산으로 들어갔다. 아직까지 무기는 갖지 않았지만 '야산대' 라 불리는 빨치산 투쟁의 시작이었다.

서하에 홀로 남은 하태연은 난감했다. 돈도 한 푼 없이, 임신한 몸으로 어린 딸을 데리고 객지에서 홀로 살 생각을 하니 앞이 깜깜했다. 동산리 시댁으로 돌아가는 수밖에 없었다. 하지만 주변에서 사람들이 마구 잡혀가는 걸 보니 발이 떨어지지 않았다. 시댁에 가버리면 다시는 남편의 생사를 알 수 없을 것 같았다. 박호윤이나 학교 제자들이 조금씩 가져다주는 양식으로 하루하루 겨우 끼니를 잇는 처지이면서도 발길이 안 떨어져 선뜻 길을 나서지 못하고 시간을 보내는 사이 가을이 다 지나가고 있었다.

어느 가을밤, 마침 달빛도 없이 깜깜한 그믐날이었다. 남편 걱정에 잠을 못 이루고 뒤척이는데 돌연, 사뿐히 돌담을 뛰어넘어오는 소리가 들렸다. 누굴까? 두려움과 긴장으로 정신을 바짝 차리고 있으려니 살짝 방문이 열리고 검은 그림자 하나가

들어섰다. 겁이 나서 소리도 지를 수 없었다. 그런데 자세히 보니 뜻밖에도 남편 박판수였다. 남편은 어둠 속을 더듬더니 살그머니 그녀 옆으로 다가와 누웠다. 바깥 기온이 내려간 탓에 몸이 얼음장같이 차가웠다.

"놀라지 마시오, 나요."

박판수는 경상도 출신이지만 사투리를 쓰지 않았다. 꼭 서울말을 썼고 어미는 '했소' 체였다. 그에게 배운 하태연도 마찬가지였다. 생사도 모르던 판에 얼마나 반가운지 몰랐다. 박판수는 출산이 임박해 몸도 잘 가누지 못하는 아내의 손을 부여잡고 나직이 말했다.

"만삭인 몸으로 머나먼 타향에 있으니 걱정되어 왔소. 속히 진성 집으로 가시오."

산속에서도 그녀가 세 살짜리 어린 것을 데리고 오직 남편의 생사만 생각하며 애타게 소식을 기다리고 있다는 말을 전해 듣고 찾아온 것이었다.

하태연은 남편이 살아 있음을 확인한 것만으로도 가슴이 벅차 눈물이 나면서도, 사람을 보내지 않고 직접 위험을 무릅쓰고 찾아온 남편에게 미안했다. 아무 생활 대책도 없이 떠난 후 얼마나 걱정되었으면 이렇게 찾아왔을까 생각하니 서운하고 힘들었던 마음이 일순간 사라지고 말았다.

함께 내려온 동료들이 기다리고 있는 모양이었다. 남편은 오래 머물지도 못한 채 몸만 녹이고 다시 떠났다. 떠나면서도 어서 진성 동산리 시댁으로 돌아가라고 거듭 당부했다.

남편이 경찰과 정보원으로 득실대는 위험을 무릅쓰고 다녀갔음에도 하태연은 선뜻 길을 나서지 못했다. 부른 배를 안고 이백 리 길을 나선다는 게 엄두가 나지 않았다.

12월도 다 지나도록 머뭇거리고 있으려니 또다시 한밤중에 뒤꼍 돌담에서 돌 떨어지는 소리가 들려왔다. 정신을 바짝 차리고 기다리니 역시 남편이었다. 걱정되어 또 찾아온 것이다. 잡혀가지나 않았는지, 굶지나 않았는지 걱정하던 차에 오히려 아내를 걱정해서 또 찾아오니 얼마나 반갑고 좋은지 몰랐다.

그날 밤 그녀는 생애 처음으로 불타는 사랑을 느껴보았다. 그때까지는 재취로 들어왔다는 사실이 수치스러웠고, 동네 아줌마들이 쳐다보기만 해도 무슨 결함이 있어 재취로 들어왔느냐고 수군거리는 것만 같았다. 전 부인의 어머니인 정참봉 부인은 가끔 시댁에 오면 하태연에게 각별히 따뜻하게 대했다. 참봉 부인은 딸을 결혼시킬 때 지참금으로 준 논을 새색시에게 주려고 생각하고 있었다. 그러나 부인이 넌지시 그런 뜻을 밝혔을 때 하태연은 완강히 거절했다. 재취로 들어온 것만도 수치스러운데 전 부인의 토지를 이어받는 건 자존심이 허락하지 않았다. 죽은 외동딸의 후신이라도 보듯 애틋하게 정을 베풀려던 참봉 부인은 하태연이 냉담하게 대하자 점차 발길을 줄이더니 결국은 끊고 말았다. 이토록 완강하던 그녀의 마음속에 진정한 사랑이 싹튼 것이다. 재취니 뭐니 하는 생각은 사라져버리고, 진실로 박판수를 사랑하게 되었다.

남편이 두 번째 왔다 가니 이제는 오히려 남편이 자기를 보러 오가다가 잡혀갈까 걱정되었다. 진실한 사랑에 사로잡히니 남편의 안위가 먼저였다. 해산도 임박해 오는데 객지에서 아이를 낳을 일도 까마득했다. 미련이 남아 자꾸만 뒤돌아보고 또 뒤돌아보며 서하를 떠나 고향으로 향했다.

걷기도 하고 화물차도 얻어 타고 하면서 어렵게 시댁으로 가는데 중간쯤 가니 경찰이 차를 세워 검문했다. 아이를 데리고 탄 임산부라 문제없이 통과는 했으나 해방된 지 겨우 2년 만에 광복의 기쁨은 어디로 사라져버리고 곳곳에 사람들의 비명과 신음만 들리는 어지러운 나라가 되었다고 생각하니 한탄스럽기 그지없었다.

시댁식구들은 소식이 끊어진 둘째 아들 내외 걱정에 목을 매고 있었다. 아들이 지리산으로 들어갔다는 소식에 크게 낙담하던 차에 그래도 며느리나마 돌아와 주어 다들 다행스러워하고 반가워했다. 추위와 굶주림에 지쳐 있던 하태연은 시댁식구들의 따뜻한 정에 몸과 마음이 한꺼번에 녹아내리는 기분이었다. 그대로 쓰러지고 말았다. 그리고 며칠 지나지 않은 12월 25일, 둘째 아이가 태어났다. 아들이었다. 불행 중 경사가 되었다. 시아버지 박도원은 몹시 기뻐하면서 '준환' 이라고 이름을 지어 주었다.

5.

전
쟁

1948년은 남과 북의 운명이 결정적으로 갈라지는 해였다. 남로당을 중심으로 한 진보세력은 물론, 김구나 김규식처럼 양심적인 민족주의자들까지 모두 들고일어나 분단을 반대하고 통일을 부르짖었으나 미국과 이승만은 이남만의 단독정부 수립 작업을 착착 진행했다. 이에 반발해 4월 3일에는 제주도에서 남로당원이 중심이 되어 무장봉기가 일어나고 전국적으로 시위가 계속되었으나 미국은 기어이 8월 15일 대한민국이란 국호로 단독정부를 출범시켰다. 이에 맞서 이북에서도 9월 9일 조선민주주의인민공화국을 세웠다. 해방된 지 3년 만에 완전히 분단되어버린 것이다. 남과 북을 갈랐던 38선은 이제 목숨을 걸지 않으면 넘어갈 수 없는 금단의 선으로 확정되었다.

경제나 치안이 모두 안정되어 있던 북부지역에는 분단이 큰 영향을 미치지 않았으나 이남 지역은 극도의 혼란에 빠져들었다. 이는 명백히 미국의 잘못된 극우 정책으로부터 기인한 것이었다.

미국은 전쟁의 당사자인 일본에 대해서는 처음부터 독자적이고 통일된 정부수립을 지원하고 공산당 등 좌파까지 수용해 평화적인 민주주의 발전을 용인했다. 역시 패전국인 독일도 분단을 시키기는 했으나 자신들이 담당한 서부 지역에서 좌익 활동을 용인해 서독으로 하여금 큰 좌우대립 마찰 없이 현대사 초유의 민주주의 국가가 되도록 했다.

그러나 조선과 조선인에 대해서는 현격한 차별정책을 폈다. 미군정은 이남 지역의 좌익을 제거하기 위해 우익테러단에 막대한 자금을 지원하였고, 더 나아가서는 그들을 이남의 군대와 경찰에 편입시켰다. 미군정의 주도와 후원 아래 이루어진 암살과 투옥, 고문과 폭력은 이남 지역의 좌익들로 하여금 극단적인 저항을 선택할 수밖에 없게 만들었다.

박판수가 지리산으로 입산한 것과 마찬가지로, 남북에 각각 정부가 수립되기 전에 이미 수많은 좌익 활동가는 산악지역에 들어가 있었다. 이들은 군당이나 도당별로 산하에 빨치산 중

대나 대대를 편성해 운영하였다. 하지만 유격대라고 해도 아직 제대로 무장력을 갖추지 못해 사람들은 이들을 야산대라 불렀다.

남로당의 입산이나 지하화는 이미 정부수립 전에 이루어졌다. 경남도당의 경우 도당은 부산 시내에 지하당을 구축하고 중부지구당은 거제에, 서부지구당은 지리산에 두었는데 서부지구당은 김삼홍이라 불리던 김병인이 이끌었다. 김병인은 경남도당 부위원장이기도 했다. 진주 이남의 해안에는 해안블럭이라고도 불리던 해안지구당을 만들어 안병화가 이끌었다. 전남도당과 전북도당도 지리산에 들어와 있었다. 이들 3개 도당 산하에 군 단위로 만들어진 유격부대는 때때로 경찰과 교전을 벌이며 식량과 의복 등을 빼앗는 정도로, 아직 크게 활동하지는 않고 있었다.

야산대 혹은 빨치산이라 불리는 유격활동이 급성장한 것은 1948년 10월 19일에 일어난 여순사건 때문이었다. 이남에 정부가 수립된 지 두 달 만이었다. 제주항쟁을 진압하라는 명령을 받고 출동 대기 중이던 여수 국방경비대 제14연대 병력 3천 명이 동족을 학살할 수 없다고 외치며 무기를 들고 병영을 뛰쳐나와 여수와 순천 시가지를 점령한 것이다. 토벌대와 교전하던 14연대는 곧 지리산, 백운산, 조계산 등지의 산악지대로 퇴각

해 본격적인 유격투쟁을 시작했다. 이들은 명백히 이북의 인민
공화국을 지지하였다.

　여순사건은 남로당 중앙이 이북에 올라가 있고 전남도당도
지리산에 들어와 있어 연락이 두절된 가운데 여수 국방경비대
제14연대에 침투해 있던 남로당원들이 자발적으로 일으킨 사
건이었다. 역시 전남도당에 속한 제주도 남로당원들이 일으킨
4·3항쟁도 마찬가지였다.

　변변한 무기도 없이 사실상 피신상태로 산중에 은거하던 야
산대에게 제14연대의 입산은 큰 용기를 주었고 희망이 되었다.
14연대는 특히 지리산 남부 지역에 올라와 있던 군당 유격대에
분산, 합류했는데 박판수의 함양군당도 14연대의 주력부대인
김지회 부대와 합세했다.

　외부에서는 다 같이 인민유격대 혹은 빨치산으로 불렸으나
내부적으로는 당 활동가와 유격대원이 구별되어 있었다. 유격
대원은 직접 총을 들고 군경과 전투를 벌이는 반면, 당은 유격
대를 지도하고 지원하기 위한 당 조직 사업과 정보 수집을 책
임졌다. 유격투쟁의 목적이 당 활동을 보장하는 것인 동시에
당 활동은 유격투쟁을 지도하는, 서로 떨어지려야 떨어질 수
없는 보완관계였다.

　박판수는 1949년 4월 경남도당 서부지구당, 즉 지리산지역

유격대 책임자이던 김병인이 하산하면서 그 책임을 인수했다. 김병인이 하산하게 된 것은 그의 부인이 산불로 얼굴에 큰 화상을 입어 급히 데리고 내려가야 했기 때문이다. 도시로 잠적한 김병인은 그러나 곧 경찰에 체포되어 6·25전쟁이 날 때까지 서대문형무소에 수감되었다가 인민군이 서울에 진주하면서 석방되어 다시 경남도당 부위원장으로 내려오게 된다.

박판수가 김병인으로부터 인계받은 경남도당 서부지구당은 지리산지구 혹은 지리산블럭으로 불렸는데 경남지역 중에 하동, 산청, 함양, 진양 등 지리산 지역에 속한 군당과 그에 소속된 유격대를 포괄했다. 경남도당에서 유격대는 사실상 지리산에만 있었으므로 경남도당 유격대의 총책임자가 된 셈이다. 박판수는 이때부터 체포되기까지 3년간, 경남도당의 서열 다섯 손가락 안에 드는 핵심간부로 활동한다.

박판수가 함양군당책을 넘어 경남도당 서부지구당 소속 군당과 산하 유격대를 총지휘하게 된 이 무렵, 서부지구당은 주로 지리산 대원사골, 심박골 등지에 있었다. 박판수는 당 간부로서 직접 총을 들고 전투에 참가해 토벌대와 교전하지는 않았다. 대신 김지회 부대와 결합한 도당 유격대가 원활히 활동할 수 있도록 정보를 수집하고 안내하고 당 조직을 통해 자금과 인력을 공급하는 지도·지원 활동을 총지휘했다.

비무장 상태에서 군경의 검문검색이 그물망처럼 깔린 민간지대를 돌아다니는 일은 총을 들고 싸우는 유격대원보다도 훨씬 위험했다. 붙잡히면 곧바로 고문대에 올라 죽을 때까지 고문을 당해야 했다. 그만큼 큰 담력과 강철 같은 의지가 필요한 임무였다.

남편이 목숨을 걸고 사지를 넘나들던 그 시각, 하태연은 두 아이를 키우기 위해 열심히 살아가고 있었다. 양반의 체통을 지킨다고 눈앞에 일거리를 두고도 자기 허리 굽히는 일 없이 소리쳐 머슴을 불러대던 박씨네는 나날이 살림이 쇠락하여 이제 부릴 머슴도 다 떠나버리고 없었다. 선비라 해도 궂은일 마다치 않고 근면 검소하게 살아가는 부모 밑에서 자라 하태연은 육체노동을 두려워하지 않았다. 결혼 초기에는 공부하느라고 거의 일을 하지 않았지만, 이제는 물불 가리지 않게 되었다.

하태연은 너나없이 열심히 땀 흘려 일하는 가풍의 친정집에 가는 게 좋았다. 일 년의 반은 친정에 가서 살다시피 했다. 이 무렵 친정집은 옛집 근처 넓은 집으로 이사를 가 우산공장을 하고 있었다. 하태연은 친정집 안마당에 있는 우산공장에서 다른 여성노동자와 마찬가지로 밤이 새는 줄 모르고 우산을 만들었다. 이렇게 모은 돈으로 돼지 새끼를 사고, 돼지를 키워 다시 송아지를 샀다. 남에게 뒤떨어지지 않게 아이들 공부를 시키려는 꿈을 가지고 한푼 두푼 모으는 재미로 낮에는 힘겹게 소꼴을 베고 밤에는 길쌈도 하였다.

하지만 1949년이 다 가도록 남편 소식은 들려오지 않았다. 매일 열심히 땀 흘려 일하면서도 지리산 쪽만 바라보면 가슴에 바람구멍이 나는 듯했다. 일은 잘할 수 있지만 날이면 날마다 남편 생사가 걱정되어 불안한 마음이 가라앉지 않았다. 박판수가 잡혀가는 걸 보았다느니, 죽어서 어느 골짜기에 묘를 써놓았다느니 하는 소문이 들려올 때마다 밤새 잠을 못 이루었으나 다 헛소문이었다.

그런데 하루는 동서의 어머니, 즉 박판수의 형수의 어머니가 찾아오더니 등에 업힌 아들 준환이를 어르는 척하면서 나직이 속삭이는 것이었다.

"니는 아버지 봤나? 나는 네 아버지 봤다."

하태연에게 들으라고 한 말이었다. 깜짝 놀라 무슨 말이냐고 했더니 사돈은 꼬깃꼬깃 접힌 종이를 꺼내 살그머니 손에 쥐어주었다. 담배 은박지였다. 부리나케 방에 들어가 펼쳐 보니 밤낮을 근심하고 그리던 남편 글씨였다. 고생한다는 말 뒤에 높은 상상봉마다 승리의 깃발이 나부끼고 있으니 신심을 갖고 조금만 더 고생하라는 내용이었다. 너무나 반갑고 좋아서 만세라도 부르고 싶었지만 소리를 낼 수 없어서 아이를 끌어안고 혼자 덩실덩실 춤을 추었다.

　나중에 알았지만, 박판수가 동서의 어머니를 만난 것은 우연이 아니었다. 지리산에 근거지를 두고 수시로 민가로 내려와 조직 활동을 하던 박판수가 진주에서 열린 중요한 회의에 참석하러 내려온 길에 만난 것이었다.

　남루하거나 더러운 옷을 입으면 산사람이란 것이 쉽게 드러나기 때문에 낮에 큰 마을에 갈 때는 깨끗한 옷을 입어야 했다. 군당에서는 깔끔한 양복에 중절모까지 준비해서 박판수에게 입혀보고는 이리저리 살펴서 그만하면 훌륭하다며 내려 보냈다.

　운 좋게 화물차를 잡아 짐짝 위에 올라타고 진주에 들어오는데 하필 젊은 경찰관 하나가 타는 것이었다. 얼른 짐 속에 비밀 문건을 쑤셔 박아놓고 술은 원래 먹지도 못하는데 취한 척하면서 청춘의 노래를 떠나가라 불러댔다. 서른만 넘어도 아저씨 소리를 듣던 시절이었다. 위험한 짐짝 위에서 술에 취한 게 불안했던지 나중에는 그 경찰관이 걱정까지 해주었다.

　"아저씨, 조심하이소. 떨어지겠습니더, 조심하이소."

　무사히 진주에서 화물차를 내려 누구의 집인 줄도 모르고 약속 장소에 들어가니 뜻밖에 형수의 어머니와 여동생이 마루에 앉아 콩나물을 다듬고 있었다. 세 사람은 너무나 반가워 어쩔 줄을 몰랐다. 알고 보니 그 집이 진주에서 부자로 소문난 박구석의 집이었다. 형 박봉윤의 처제가 다름 아닌 박구석의 부인이었던 것이다.

사돈이 남몰래 쪽지를 받아 들고 동산리까지 먼 길을 달려와 소식을 알려준 덕분에 남편이 살아 있음을 확인하기는 했지만, 살아 돌아오리라는 희망을 품기에는 정세가 너무 엄혹했다.

남원이나 하동 등 지리산 주변 읍내에서는 장날이면 사살한 빨치산의 시신과 체포한 빨치산을 늘어 세워놓고 구경을 시켰다. 광주 시내 한복판에 빨치산의 목을 잘라 걸어놓기까지 했다. 빨치산에 협조한 산간마을 주민을 떼거지로 학살했다는 소식도 치를 떨게 했다. 빨치산을 잡으러 출동한 토벌대가 아무 죄 없는 산간마을 주민을 학살한 숫자만도 수천 명이었다. 남로당 활동을 했던 이는 아무 죄 없이 잡혀가 고문당하다 죽는 일이 너무 많아 일일이 열거할 수도 없었다. 하태연으로서는 남편이 살아 돌아오기는 어려우리라 생각할 수밖에 없었다. 그가 남긴 두 남매라도 잘 키우리라 굳게 결심하고 열심히, 열심히 살았다.

1950년이 되면서 시부모는 박판수 부부에게 논 400평과 밭 250평을 물려주었다. 보잘것없는 재산이지만 하태연에게는 금쪽같은 땅이었다. 하태연은 논에 첫 모내기를 해놓고 밭에는

목화를 심은 다음 비료를 얻으려고 사천 친정집으로 떠났다. 6
월 하순이었다.

사천으로 가려면 문산을 거쳐 진주를 지나 남쪽으로 걸어야
했다. 그런데 분위기가 이상했다. 전에 없이 길거리가 소란스
러웠다. 총 든 군인을 태운 트럭이며 지프들이 먼지를 뽀얗게
날리며 신작로를 달려가는데 무언가 쫓기는 듯한 느낌이었다.
전부터 빨치산을 토벌한다고 군인이며 경찰이 트럭을 타고 돌
아다니기는 했으나 이렇게 요란스럽지는 않았었다.

아무래도 이상하다고 생각하며 진주로 들어설 무렵이었다.
흰옷이며 양복 입은 민간인을 태운 트럭이 몇 대나 연거푸 지
나갔다. 군대에 새로 들어가는 사람들인가 했는데 뭔가 이상했
다. 나이도 제각각인 데다 다들 풀이 죽어 바닥에 앉아 있었다.
얼핏, 사람들이 하나같이 철삿줄에 양팔이 묶여 있는 모습이
스쳐갔다. 순간 무서움에 가슴이 철렁 내려앉았다.

하태연은 진주에 들어서서야 전쟁이 났다는 것을 알았다. 벌
써 여러 날 전에 38선이 터지고 남북전쟁이 일어나 인민군이
밀물처럼 남으로 내려오고 있다는 소식이었다. 산간 골짜기에
사는 동산리 사람들만 전쟁이 난 줄도 모르고 있었던 것이다.

철사에 묶여 트럭에 실려 간 남자들은 국민보도연맹 사람들
이었다. 이승만 정부는 분단에 반대해 투쟁해온 좌익운동가들

을 잡아 죽이다 못해 전향을 하게 하여 이들을 국민보도연맹이란 단체에 가입시켰다. 보련이라고도 불리는 이 단체 가입자는 전국적으로 40만 명에 이르렀다. 그중에는 실제로 좌익 활동을 한 사람도 많았으나 상당수는 형이나 동생 또는 친척이 좌익 활동을 했다는 이유로 강제로 가입한 사람이었다. 오히려 진짜 열심히 활동한 이는 대부분 산에 들어가거나 전향을 하지 않고 숨어 있었다.

이승만은 전쟁이 터지자마자 보도연맹에 가입한 이를 모조리 학살하도록 지시했다. 하태연이 목격한 것처럼 집단으로 끌려간 이들을 수백 명에서 수천 명 단위로 학살하여 광산 수직 갱 속으로 던지거나 대충 구덩이를 파고 묻었다. 학살의 현장에는 대개 미군 장교가 나와 감독을 하였다. 이렇게 죽은 인원은 전국에서 20만 명에 이르렀다.

전쟁이 터진 줄도 모르고 있던 시댁에서도 며칠 후 종손을 잃었다. 세무서에 다니던 박봉윤의 큰아들 박수환이 강제로 끌려가 총살당한 것이다. 경찰이 찾으러 오자 아무런 의심도 없이, 잠깐 다녀온다고 나간 장손이 돌아오지 못한 채 죽자 시댁 식구의 슬픔과 낙담은 이루 말할 수가 없었다. 박봉윤 부부는 말할 것도 없고 종손을 잃은 시아버지는 상심으로 식음을 전폐했다. 학살자는 피살자의 가족이 시신을 확인하지 못하도록 주거지에서 먼 곳으로 데려가 죽이고 파묻어버렸기 때문에 끝내 시신조차 찾을 수가 없었다.

한편, 지리산의 박판수도 전쟁이 난 줄을 한참 후에야 알게 되었다. 지리산 빨치산은 지난 두 해 겨울 동안 수만 명의 군경토벌대가 동원된 대규모 동계공세로 거의 궤멸상태에 빠져 있었다. 지리산 일대에는 전남도당, 전북도당, 경남도당과 그 산하 군당이 웅거해 있고 여기에 여수 14연대를 주력으로 한 이현상부대가 기동타격대처럼 옮겨 다니며 위력을 발휘하고 있었는데 전쟁이 날 무렵에는 이현상부대조차 백 명 이하로 줄어들어 덕유산을 헤매다가 전쟁이 나고도 3주일 후에나 소식을 알게 되었을 정도였다. 박판수가 이끄는 경남도당 지리산 유격대도 7월이 한참 되어서야 전쟁이 난 것을 알았다.

어느 날 산 밑에서 고함치며 올라오는 사람들 소리가 들려오는 것이었다. 또 토벌대가 올라오는가 싶어 다들 긴장해서 귀를 기울이고 있으려니 소리가 점차 또렷해졌다.

"동무들! 해방이여! 해방이여!"

몇 사람이 신문을 흔들어대며 올라왔다. 이미 인민군이 진주와 진양군까지 진주했다는 소식이었다. 박판수는 그날로 군당요원과 유격대를 이끌고 산에서 내려와 함양군을 접수하고 산청, 합천, 의령으로 영역을 넓혀갔다. 이때 함양군 유격대는 전종수, 노영호가 중심인 303부대를 결성해 최전방이던 통영까지 진출했다.

남로당은 벌써 1년 전에 이북의 북로당과 합당해 조선노동당이 되어 있었다. 박판수는 조선노동당 진양군당 위원장에 임명되었다. 당이 사법, 행정, 군사를 총괄하는 사회주의 체제에 따라 진양군 안에서 벌어지는 주요 사안을 결정할 수 있게 된 것이다.

진양군당은 진양군 문산읍에 자리 잡았다. 문산읍은 진주와 진성면 사이에 있는 꽤 큰 마을로, 군당은 그중에서도 제일 큰 공공건물인 문산성당에 본부를 두었다.

인민군의 남하는 다양한 반응을 일으켰다. 열심히 통일운동을 했거나 남로당에 관련되었다는 이유로 경찰과 청년단에게 지긋지긋하게 시달리던 이들은 구원자를 만난 기쁨으로 열렬히 인민군을 환영했다. 반면, 전쟁을 두려워하는 보통 사람들에게 인민군은 공포의 대상이었다. 박판수와 함께 열심히 통일운동을 했던 박호윤조차 인민군이 밀고 내려오는 것을 보고 피하려다가 도랑에 넘어져 다리를 다치기도 했다. 보통 사람들은 무조건 전쟁을 피해 보따리를 싸 들고 피난을 떠났다. 인민군이 밀고 내려오는 앞길에는 수많은 피난민이 제각기 이불 보따리며 밥그릇, 옷가지를 이고 지고 걸어왔다.

미처 피난을 가지 못한 채 인민군을 맞이한 보통 사람들은 두려움에 사로잡히기 마련이었다. 그러나 인민군은 철저할 정도로 규율이 엄격해서 거의 민폐를 끼치지 않았다. 곡물이나 짐승을 마구 잡아간다거나 여자를 강간하는 일 따위는 있을 수 없었다. 여자들이 무서워 집 안에 숨어 있으면 자신들은 사람을 해치지 않으니 아무 걱정 말고 나와서 시원한 물이나 좀 떠다 달라고 부탁하는 정도였다.

인민군이 점령한 2개월여 동안 행정관청 일을 보거나 군수물자를 나르는 부역에 종사한 이들의 상당수는 자발적이었다. 비자발적이라 하더라도 폭력적으로 끌고 나오는 일은 거의 없었다. 인민군은 폭력적이고 잔인한 이남 군대와 비교할 수 없이 엄격한 규율을 가지고 있었다.

인민군 점령지 주민을 공포에 떨게 한 것은 인민군이 아니라 미군의 폭격이었다. 쌕쌕이라 불리던 미공군 제트기는 거의 하루도 빠짐없이 하늘을 날아다니며 기관총 세례를 퍼부었다. 대형폭격기는 기러기 떼처럼 날아다니며 마을을 불바다로 만들었다. 미군기의 공격목표는 인민군 점령지대에서 살아 움직이는 모든 것이었다. 건물 폭격은 물론, 피난민 대열을 발견한 제트기는 마치 사격연습이라도 하듯 하늘을 맴돌며 교대로 내려와 불꽃을 뿜어댔다.

전쟁이 난 줄도 모르고 친정집에 왔던 하태연은 두 아이를 데리고 오도 가도 못하고 갇혀버렸다. 동산리 시댁에 돌아가고 싶어도 매일 미군기가 날아다니며 공습을 해대니 길 떠날 엄두가 나지 않았다. 남편이 멀쩡히 살아 내려와 문산읍에 주둔하고 있는 줄도 모르는 채, 인민군이 행진해 지나가면 저 속에 남편이 있지는 않은지 뚫어져라 살펴보며 하루하루를 지냈다.

7월 18일경이었다. 그날도 아이들을 데리고 공습경보를 피해 숲속에 숨었다가 친정집에 돌아가니 손님이 와 있었다. 동산리 시댁 옆집에 사는 바우엄마였다. 박판수가 집으로 사람을 보냈는데 친정에 갔다고 하자 이웃집 아줌마에게 전갈을 부탁한 것이다. 바우엄마가 내놓은 쪽지에는 그리고 그리던 남편의 필적이 있었다.

'진양군 당책으로 문산성당에 와 있으니 항공 조심해서 아침 일찍 찾아오시오.'

정말 꿈인가 싶었다. 그날 밤을 새우면서 몇 번이나 다리를 꼬집어봤다. 혹시 꿈이나 아닌지, 살점을 꼬집어도 보고 혼자 웃어도 보고 뒤척이느라 한숨도 잘 수가 없었다. 정말 길고도 긴 밤이었다.

공습이 없는 이른 시간을 틈타 이동하려고 다음 날 새벽에 일어나 친정어머니가 해준 밥을 먹는데 마음이 들떠 수저가 입에 들어가는지 코에 들어가는지 몰랐다. 여름 농촌은 쌀밥 구경도 못하던 시절인데 친정어머니가 먼 길 간다고 쌀밥을 해주었음에도 부드러운 쌀알이 모래알처럼 굴러다니는 기분이었다.

꼭두새벽에 길을 나서 문산성당에 도착하니 인민군들이 친절히 안내했다. 본당 안쪽 큰 책상에서 업무를 보고 있던 박판수는 가족이 왔다는 보고를 듣고는 부끄러움도 없이 마구 달려나와 큰 소리로 반가워했다. 보는 눈도 많은데 덥석 껴안을 수는 없었다. 어색하게 두 아이를 내려놓고 아버지에게 가보라고 했더니 박판수는 아들보다 먼저 딸을 덩실덩실 안아 흔들며 좋아했다.

"어디 보자. 우리 현희 많이 컸구나."

아버지 없이 자라난 아들은 말을 배울 때부터 먹물 찍힌 것만 봐도 아버지, 지나가는 청년만 봐도 아버지, 자전거만 봐도 아버지 했다. 그런데 막상 아버지에게 가보라고 등을 떠미니 아직 말도 제대로 못 하는 것이 고개를 돌리며 말하였다.

"아버지 아니구만? 인민군이구만?"

박판수는 사복을 입었는데, 장총을 멘 보위병 두 사람이 옆에 붙어 있으니까 아버지도 인민군이라고 생각한 것 같았다. 다들 호탕하게 웃고 말았다.

문산에서 잠을 자는데 새벽에 시댁에서 사람이 왔다. 시어머니 정하녀가 사망했다는 소식이었다. 하태연은 소식 전하러 온 사람을 따라 바로 아이들을 데리고 동산리 집으로 출발했다. 남편은 바빠서 함께 갈 수 없었다.

집에 가보니 상을 당했는데도 미군기의 공습 때문에 사람이 모이지 못해 장례준비도 제대로 못하고 있었다. 밤이 되어서야 장례절차에 들어갔는데, 인민군의 호위를 받으며 박판수가 나타났다.

"어머니, 어머니……"

박판수의 애통해하는 곡소리는 듣는 이의 가슴을 후벼내는 듯했다. 누가 보아도 우아하고 품위 있던 어머니였다. 하태연에게도 유난히 다정했던 시어머니였다. 시어머니는 못내 그리던 막내아들이 부르는 소리를 뒤로하고 어두운 밤중에 매장되었다.

가족이 다시 만난 기쁨도 잠시, 전선을 코앞에 둔 박판수는 비통해할 사이도 없이 문산으로 돌아가고, 하태연과 아이들은 그대로 집에 눌러앉았다.

이 무렵 인민군과 미군은 마산 근방에서 치열한 공방전을 벌이고 있었다. 인민군을 따라 내려온 이북의 당 기관이며 인민위원회 같은 고급기관은 진주 옥봉동에 임시 사무실을 마련하고 인민군 지원 사업에 여념이 없었다. 이들 기관과 군당, 면당의 주요임무는 이북에서 내려온 인민군 군수물자를 최전선으로 보내는 일과 인민군을 모집해 보내는 일이었다. 토지 무상 분배며 작황 조사, 현물세 징수 같은 일도 중요했다.

군수물자 수송은 주로 청년단이 맡았다. 낮에는 미군기가 종일 날아다니며 폭격하기 때문에 식량이며 포탄, 총탄 같은 군수물자는 밤을 이용해 날라야 했다. 군당으로 매일 몇 명을 동원하라는 지시가 내려오면 각 면당에 이를 하달해 이백 명이고, 삼백 명이고 인원수를 채워야 했다. 다리라는 다리는 모두 끊어진 상태라 동원된 인력은 한밤중에 쌀이나 탄약을 지고 강물을 건너야 했는데 무기든 쌀이든 물에 젖으면 안 되었다. 무기도 문제지만, 한여름이라 쌀은 물에 젖었다가 꺼내면 바로 썩기 때문에 절대 적시면 안 되었다.

토지를 무상으로 몰수해 가난한 이들에게 나눠주는 일과 가을 작황을 조사해 현물세를 매기는 일은 인민위원회가 맡았다. 이승만 정부는 전쟁이 터지기 몇 달 전, 대지주의 토지를 유상으로 몰수해 원하는 농민에게 유상으로 분배해놓고 있었다. 이를 다시 무상으로 몰수해 모든 사람에게 골고루 나눠주었다. 작황 조사는 논마다 일일이 돌아다니며 벼에 달린 낱알 숫자를 세서 평균을 내 세금을 매겼다.

여성동맹의 임무는 주로 인민군에게 반찬거리나 세면도구

같은 위문품을 보내는 일이었다. 쌀은 이북에서 내려온다손 치더라도 채소나 과일 같은 부식까지 싣고 올 수는 없기 때문이었다. 여성동맹은 또 청년동맹과 함께 전방 인민군을 위로 방문해 노래공연이나 연극공연을 하기도 했다.

이런 과정에서 중요한 것은 민심을 이반시키지 않는 일이었다. 진양군에 진주한 인민군은 물론, 현지의 토착 좌익들이 최대한 민폐를 끼치지 않고 인명을 손상하지 않게 하여 민심을 수습하는 것이 박판수의 가장 큰 임무였다. 다른 지역은 몰라도, 박판수가 진양군을 관리한 두 달 동안 진양군에는 인민재판으로 처형되거나 억울하게 죽은 사람이 없었다.

박판수는 하태연에게도 진성면 여성동맹위원장직을 맡겼다. 사회주의가 뭔지, 여성동맹이 무엇이고 무슨 일을 해야 하는지도 모르면서 얼떨결에 맡은 직책이었다. 남편은 문산에서 그대로 생활하고 하태연은 동산리 시댁에서 부녀회 활동을 시작했다.

마침 서하에서 친하게 지냈던 김영순도 자신에게는 외가가 되는 동산리 집에 와서 살고 있었다. 김영순에게는 외삼촌이 되는 박호윤이 서하국민학교에서 진성군 진성국민학교로 전근을 오면서 따라온 것이었다. 하태연은 김영순과 함께 진성면 16개 부락에 여성동맹위원회를 결성하는 일부터 시작했다. 이를 위해 매일 아침부터 한밤중까지 돌아다니며 사람을 만나 설득하고 조직하느라 시간이 어떻게 가는지 몰랐다.

아들은 아직 작아서 김영순과 교대로 등에 업고 돌아다닐 수 있었지만, 딸은 집에 놔두고 다닐 수밖에 없었다. 어린 딸은 아침만 되면 따라가겠다고 난리를 쳤다. 동구 밖까지 악착같이 울며 따라왔다. 때리기도 하고 달래기도 해서 도망치다시피 집을 나서야 했지만 어떤 날은 기어이 따라와 김영순과 함께 다니기도 했다.

유난히 무더운 여름이었다. 뜨거운 땡볕 아래 무거운 아이를 업고 미군기의 폭격을 피해가며 온종일 돌아다니다 보면 녹초가 되기 일쑤였다. 그래도 남편과 함께 보람 있는 일을 한다는 자부심으로 힘든 줄도 모르고 열심히 다녔다.

여성동맹의 제일 큰일은 인민군에게 부식을 지원하는 일이었다. 면 아래 다시 마을 단위로 조직된 여성동맹원은 최대한 민가에 부담을 주지 않는 범위에서 조금씩 부식거리나 간식거리를 갹출해 인민군에게 제공했다. 엿 160근을 갹출하기도 하고, 호박, 가지, 고추, 간장, 된장 등 부식물이며 셔츠, 팬티, 수건, 양말 등을 차출하기도 했다. 거둬들인 보급품은 군당으로 모은 다음 청년동맹원이 밤길을 타고 이웃 군 경계까지 날라주면 그곳에서 기다리고 있던 이웃 군당 사람들이 인수해 최종적으로 전선의 인민군에게 전달되었다. 비행기와 배로 막대한 군수품을 들여오는 미군에 비하면 소박하기 짝이 없는 군수보급이었으나 다들 열심히 일했다.

하태연 자신도 마찬가지였지만, 대부분 사회주의에 대해 아무것도 모르는 여성동맹위원들에게 사회주의 이념을 가르치는 것도 주요 임무였다. 마을 단위로 18세 이상 35세 이하 여성을 모아 군당에서 파견된 정치지도원을 데리고 가서 학습을 시켰다. 하태연도 학습시간마다 맨 앞에 앉아 열심히 귀담아 들었다. 그러다 보니 사회주의가 뭔지, 민족이 뭔지 조금은 알 것 같았다.

미군의 폭격만 아니면 인민군 점령지역은 평화로운 편이었다. 인민군은 동네 아이들을 모아놓고 '김일성 장군의 노래'나 '스탈린 대원수의 노래' 같은 걸 가르쳐주었을 뿐, 함부로 사람을 사살하거나 괴롭히는 일은 거의 없었다. 미처 피난 못 간 부잣집이나 군경가족, 친일파 출신에게는 괴로운 일이었겠지만, 피비린내 나는 집단 유혈극은 일어나지 않았다. 적어도 박판수가 관리한 진양군당 영역에서는 그랬다.

팽팽한 긴장 속에서나마 좋았던 시절은 그리 오래가지 않았다. 하태연이 여성동맹 일을 시작한 지 두 달도 채 안 되어 전세가 갑자기 악화하였다. 미군의 인천상륙작전으로 서울이 함락

되면서 포위 상태가 된 인민군에게 후퇴명령이 떨어진 것이다.

9월 20일경, 진양군당도 철수대열에 합류했다. 박판수는 급히 처남 하치양을 동산리로 보내 하태연과 아이들을 지리산으로 데려오게 했다. 하태연은 다른 여성동맹 간부들이 떠나기 전에 오빠와 함께 먼저 동산리를 출발했다.

국군이 들어오는 지역에는 광범위한 보복극이 벌어지고 있었다. 인민공화국에 가담했던 사람, 인민군에 노역을 제공한 사람은 모조리 잡혀가 맞아 죽거나 폭행당했다. 진양군에서도 인민군이 밀려왔던 초창기에 인민재판이 열려 우익교사 하나가 박판수의 구명노력에도 불구하고 죽임을 당한 일이 있었고, 이에 대한 보복으로 관련자가 모조리 경찰지서로 불려가 매를 맞거나 고문을 당했다. 하태연과 함께 여맹 활동을 했던 김영순도 피난 대열에 합류했다가 포기하고 집으로 돌아갔는데, 그 문제로 몇 차례나 경찰에 불려가 혼이 났다. 박판수의 아이들을 돌봐주었을 뿐이라고 버텨 폭력이나 고문은 면했으나 말 한마디가 죽음을 부르던 시절이었다. 그래도 경찰이 그녀를 비롯한 진양군 좌익동조자들에게 관대했던 것은 박판수가 사람을 죽이지 않았을뿐더러 오히려 여러 사람을 죽음에서 건져주었다는 주변 사람들의 탄원 덕분이었다.

사실 다른 지역에서는 인민군 점령기간 동안 우익인사가 군중에 맞아 죽는 일도 적지 않았다. 그 시작은 이승만이 벌인 보도연맹 학살이었다. 아버지나 형제를 잃은 가족이 보복을 한 것이다. 하지만 다시 돌아온 우익은 자신들이 시작한 대학살의 잘못은 인정하지 않고, 오로지 좌익이나 그 동조자에 대한 보복으로 광분했다.

언제 다시 고향에 돌아올지 알 수 없는 길이었다. 어쩌면 영원히 돌아올 수 없는 길이었다. 하태연은 작은아이를 업고 하치양은 큰아이를 업은 채 밤길을 걸어 지리산으로 향하는데, 한량없이 무거운 마음을 감출 길이 없었다.

지리산이 가까워지면서 피난행렬은 점점 늘어났다. 진주, 사천, 하동 방면에서 올라온 사람들이었다. 무리 지은 황소 등에 무기와 탄약을 실은 인민군도 있고, 하태연처럼 부녀회 활동을 하다가 보복이 두려워 피난대열에 합류한 부녀자도 있었다. 일단 지리산으로 올라가 소백산맥을 거쳐 태백산맥을 따라 이북으로 가려는 것이었다.

어두운 밤길을 묵묵히 걸어가는 피난민의 표정은 무겁기만 했다. 하지만 하태연의 마음은 암담하지만은 않았다. 그토록 그리던 남편과 함께 가는 길이었다. 온 가족이 함께 살 수만 있다면 이대로 이북까지 걸어가든 지리산으로 들어가든 두려울게 없었다.

밤중에 백 리 길을 걸어 도착한 곳은 지리산 맨 동쪽 마을인 삼장면이었다. 덕천강을 가운데 두고 동으로는 달뜨기능선이, 서쪽으로는 지리산 최고봉인 천왕봉 일대가 올려다보이는 곳이었다. 박판수는 진양군당 사람들과 미리 와 있었다. 서로 반가워할 여유도 없었다. 민가에서 잠시 눈을 붙이고 일어나 밥을 해 먹으니 출발이었다.

진양군당은 달뜨기능선에 자리 잡기로 했다. 달뜨기능선은 지리산 동쪽 끝을 에워싸고 흐르는 경호강을 따라 병풍처럼 북에서 남으로 뻗은 산줄기였다. 경호강 방면은 산세가 험해 바로 올라가기 어려워 삼장면을 지나 평촌마을에서부터 돌아 올라가야 했다. 진양군당 수십 명 인원이 몇 시간을 걸어 올라가 계곡물이 흐르는 작은 골짜기에 자리를 잡았다. 딱바실골이라는 곳이었다. 전세에 따라 계속 이동하기는 했으나 딱바실골은 이후 수년간 진양군당의 거점이 되었다.

전쟁 이전부터 빨치산이었던 이들은 산 생활에 능숙했다. 박판수가 군당 조직책과 뚝딱뚝딱하더니 금방 천막 두 개를 만들었다. 긴 나뭇가지를 잘라 원뿔 모양으로 펼쳐 세우고 누렇게 물들인 광목을 덮어 임시로 만든 가옥이었다. 순식간에 집 두 채가 생기는 것을 본 하태연은 무척이나 신기해서 앞으로 집 걱정은 하지 않아도 되겠구나 생각했다.

6.

압산

인민군의 전략적 후퇴에서 제1비상선은 함양이고 제2비상선은 대전이었다. 그런데 함양군에 국군이 먼저 진입하자 마천에 집결하게 되었다. 경남 낙동강 전선에서 후퇴한 인민군과 인민공화국 부역자들은 산청군 시천면과 삼장면 일대로 모여들고 있었다. 인민군은 삼장면 입구 덕산에 최후 방어망을 치고 주력부대는 대원사계곡을 통해 지리산으로 들어갔다. 인민군과 빨치산이 장악한 덕산 안쪽 시천면과 삼장면 일대는 해방구가 되었다. 인민군은 덕산 입구를 봉쇄하고 지나는 사람과 차량을 검문해 들여보냈다.

해방구가 된 대원사골 입구에는 인민군이 끌고 온 차량이며 소가 곳곳에 널려 있었다. 차량은 주로 방호산이 이끄는 인민군 6사단 포병부대가 버리고 간 것이었다. 소는 사천, 고성, 하동 방면에서 후퇴하면서 들판에 방목되어 있는 것을 징발해 무기나 식량을 싣고 온 것들이었다. 인민군 주력부대는 방치된 소를 박판수의 진양군당에 인계해 주인을 찾아주라고 부탁하고 대원사를 거쳐 지리산 주능선으로 빠져나갔다.

이 무렵 함양군 휴천면에 근거를 두고 있던 경남도당은 남경우가 위원장을 맡고 허동욱이 부위원장을 맡았는데 김병인과 조병화도 차례로 부위원장으로 활동하고 있었다. 경남도당 산하 진양군당을 맡고 있던 박판수는 얼마 지나지 않아 진주시당 위원장이 전투 중 사망하자 진주시당 위원장까지 겸하게 되었다.

진양군당은 박판수 위원장 아래 유용산이 인민위원장을 맡았다. 유용산은 전북 고창 출신으로, 전쟁 전에 이북에서 열린 전국대의원대회에 대의원으로 올라갔다 내려온 사람이었다. 선전부장은 전영섭으로, 전쟁 전에 서대문형무소에 수감되었다가 전쟁과 함께 석방된 사람이었다. 민주청년회는 정구현이 위원장직을, 유학수가 부위원장직을 맡았다. 여맹위원장은 유순금, 여맹위원회 여성지도원은 하양숙이었다. 하태연은 군당 산하 진성면 여맹위원장직을 그대로 유지했다.

갑작스러운 후퇴로 혼란스러운데다, 이후 계속되는 공격에 죽거나 체포당한 인원이 늘어나 군당요원의 숫자는 유동적이 었다. 초창기에는 산에 몰려든 인원이 백여 명이 넘었고 도당 이나 다른 군당, 그리고 국방군 지역이 된 민가에 드나드는 조 직부 비밀연락원까지 십여 명이 수시로 드나들었으나 잇단 전 사와 체포로 점차 줄어들었다.

두 아이를 데리고 며칠을 지낸 박판수는 아내에게 아이들과 함께 인민군을 따라 이북으로 가라고 권했다. 자신은 전쟁 전 과 마찬가지로 지리산에 남아 빨치산 활동을 할 계획이었다. 세 살짜리까지 두 아이가 딸려 있으니 전투에도 방해될 뿐 아 니라 아이들의 생명도 위험하다고 본 것이었다.

하태연은 인민군을 따라가라는 남편의 말을 완강히 거부했 다. 죽어도 함께 죽어야지 알지도 못하는 사람들과 함께 생면 부지의 이북 땅에 올라갈 수는 없다고 버텼다. 현실적으로 이 북 전역이 빠르게 미군에 장악되고 있어서 올라가기도 쉬운 일 이 아니었다. 인민군 주력부대도 추풍령 일대에서 막혀 지리산 으로 돌아오는 판이었다. 박판수는 버럭 화를 내며 인민군을 따라가라고 야단쳤지만 고집 센 아내에게 더는 강요할 수가 없 었다.

하태연은 지난 2년 동안 떨어져 살며 불안하고 힘들었던 생각을 하니 죽는 한이 있어도 따라다니고 싶었다. 이북으로 갈 엄두도 안 났지만, 고향으로 돌아갈 수도 없었다. 여맹위원장으로 활동한 것도 있고 해서 고향에 내려가면 무슨 일을 당할지 알 수 없었다. 차라리 유격대와 함께 있으면 도망이나 다닐 수 있지, 잔인한 우익에게 붙잡히면 맥없이 무슨 일을 당할지 두려웠다.

하태연은 비무장인 당원, 여성동맹원 등 30여 명과 함께 산간마을로 내려갔다. 산청군 시천면 중산리에 있는 조그만 산골마을 대밭골이었다. 빨치산은 이들처럼 여성동맹원 부녀자, 당원의 늙은 부모 등 비무장 피난민을 '투쟁인민' 이라 불렀다. 투쟁인민은 평소에는 유격대원의 취사와 빨래를 맡고 땔감을 채취하다가 전투가 벌어지면 점령지에서 노획한 식량이나 무기 등을 나르는 게 임무였다. 하태연에게는 식사계 담당이 주어졌다.

인민군이 긴급히 징발해 온 소를 주인에게 돌려줄 임무는 진양군당에 떨어졌는데 이미 적진이 된 사천, 고성까지 내려가 돌려줄 수는 없었고 주인이 누군지도 몰랐다. 박판수는 인민군으로 내려왔다가 북상을 거부하고 빨치산활동을 자원한 이인모 등에게 소를 지키게 하는 한편, 시간 나는 대로 평촌, 삼장등 주변 마을에 소 없는 집을 골라 한 마리씩 나눠주었다. 그래도 나눠주지 못한 소는 하나둘 잡아먹다 보니 한동안 소고기 잔치가 벌어졌다.

여섯 살짜리 현희가 그렇게 많은 소를 한꺼번에 본 것은 처음이었다. 맑은 물이 흐르는 계곡 곳곳에 누런 한우가 수십 마리나 널려 풀을 뜯어 먹는 광경은 경이로웠다. 제대로 요리할 겨를도 없는 빨치산은 소를 잡으면 육회로 먹는 일이 많았다. 어린 현희도 한동안 간이나 천엽, 육회 등을 많이 먹었다. 그때의 기억 때문에 한참 뒤까지도 현희는 '소는 산에 있다'고 생각했다. 마을에 있을 때는 송이버섯을 밥처럼 먹어 산에는 송이버섯이 지천으로 깔린 줄 알았다.

덕산 안쪽 해방구가 유지된 것은 후퇴 초기의 짧은 시간뿐이었다. 국방군과 경찰이 합동으로 조직한 군경토벌대는 점차 드세게 공격해 오기 시작했다. 매일 벌어지는 전투와 미군기의 공습에 쫓겨 이리저리 피신하다가 밤이면 다시 마을에 돌아와 지친 몸을 눕히는 게 고작이었다. 후퇴 초기만 해도 한 마을에 오래 머물렀으나 얼마 지나지 않아 토벌대가 빨치산이나 그 가족이 은거할 만한 마을은 모조리 불태워버리는 바람에 떠돌이가 되어야 했다. 한동안 머물던 대밭골이 불타버린 후에는 평촌으로 옮겨 며칠 기거하다가 다시 다른 동네를 찾아 이동하지 않으면 안 되었다.

며칠 안전하다 싶으면 새벽에 산골 여기저기 포탄이 떨어지며 천지가 진동하는 소리가 울리기 시작했다. 뒤를 이어 마치 벌겋게 달아오른 가마솥에서 콩이라도 볶듯 자갈자갈 총소리가 들려왔다. 매일 겪는 일임에도 총포 소리가 끓기 시작하면 혼이 쑥 빠져 달아나는 기분이었다. 몇 초라도 더 머물렀다간 포탄이 날아와 아이들을 죽일 것처럼 오금이 저렸다. 정신없이 짐을 싸 들고 산길을 내달았다. 어린것 하나는 등에 업고 하나는 손을 잡고 걸렸다. 아이들 등에는 옷가지며 덮개, 콩가루며 쌀, 소금 따위를 묶어주었다.

토벌대가 중산리 쪽에서 들어오면 고개 너머 내원사 골짜기로 피하고, 내원사 골짜기로 밀고 들어오면 다시 대원사골로 피했다. 저녁이 되어 토벌대가 내려가면 마을로 내려가 빈집에서 잠을 자고 다음 날 새벽, 다시 부랴부랴 산으로 피신했다.

겨울에는 꽤 오랫동안 산속 깊은 곳 숯 굽는 움막에서 지냈다. 처음에는 토벌대의 방화를 피해 올라온 마을 사람들까지 함께 지냈으나 며칠 만에 다 내려가 버리고, 오다가다 들르던 빨치산 대원도 볼 수 없어져 나중에는 셋이서 춥고 무서운 숯막에서 겨울밤을 지내야 했다.

날이 추워지니 불을 피워야 하는데 빛이 새나가면 안 되었다. 숯가마 입구를 가리고 연기가 나지 않는 싸릿대나 마른 산죽 같은 나무로 작은 불을 피워놓고 겨우 손이나 녹여가며 오돌오돌 밤을 지내고 나면 새벽부터 '꽝' 하는 대포 신호와 함께 총소리가 자글거렸다. 토벌대가 올라오면 숯가마부터 뒤질 테니 밖으로 나와 어디든 숨어야 하는데, 하나를 등에 업고 딸은 한 손에 꼭 잡고 험한 산길을 이동하자니 죽을 것처럼 숨이 찼다. 얼마쯤 가다가 숨이 막혀 더는 못가고 숨을 곳을 찾는데, 바위틈에 들어가 보면 여기도 찾을 것 같고, 산죽 속에 숨으면 더 위험해 보여 이리 갔다 저리 갔다 안절부절못했다.

토벌대는 사람이 숨어 있을 만하다 싶으면 무조건 총부터 갈겼댔다. 숨어 있기에 가장 좋은 곳이 가장 위험한 곳이었다. 사람이 숨을 수 없을 것처럼 보이는 비좁은 바위틈으로 기어 들어가 입구를 나무로 막아두고 있으면 떼로 몰려다니며 닥치는 대로 총을 쏘아대는 토벌대가 내다보였다. 그렇게 몇 시간을 숨어 있는데, 두 아이는 기특하게도 숨소리 하나 내지 않고 잘 버텨주었다. 혹시 기침이라도 할까 봐 아들은 가슴을 열어 젖을 물리고, 딸은 손으로 입을 막았다. 딸애는 그래도 갑갑하다는 반항 하나 없이, 오히려 엄마 손이 얼굴에 닿는 게 좋아서 작은 손으로 엄마 손을 꼭 누르고 있었다.

산중의 겨울이라 오후 3시만 넘으면 해가 사라져 매섭게 추웠다. 토벌대도 그 시간이면 철수를 시작해 어둡기 전에 썰물

처럼 내려가 버렸다. 그래도 깜깜할 때까지 기다렸다가 더듬더
듬 산길을 내려와 숯가마에 숨어들었다. 어린것들은 밤길이 무
서운 줄도 모르고 '김일성 장군의 노래' 며 '스탈린 대원수의
노래'를 불러댔다. 그러면 주변에 숨었다가 살아난 다른 사람
들이 웃으며 귀여워해주었다.

가끔은 작은오빠 하치양이 세 식구를 찾아오곤 했다. 유격대
에 합류한 하치양은 보급투쟁을 나가서 좋은 옷을 얻으면 꼭
챙겨다가 누이동생과 어린 조카들을 입혔다. 많은 짐을 들고
다닐 수가 없으니까 누이 줄 옷은 자기가 겹겹이 껴입고 애들
것은 목이며 허리에 두르고 올라왔다. 쌀이며 된장 고추장 같
은 먹을거리를 갖다 주는 것도 하치양이었다.

함께 이동할 때면 아이들은 외삼촌 등에 꽉 달라붙었다. 하치
양은 허허 웃으며 좋아했다.

"에이 산골 촌놈들아, 살려고 이리 달라붙는구나. 꽉 잡아
라."

해방되던 날, 하태연은 조국이 자유를 찾았다는 기쁨도 기쁨
이지만 작은오빠 하치양이 감옥에서 나오게 되었다는 게 더없
이 기뻐 눈물을 흘렸다. 산에 들어온 후로 남편 얼굴은 거의 볼
수 없는 가운데 가끔씩 남편의 지시로 자신을 돌봐주러 오는
오빠가 그렇게 반가울 수가 없었다.

얼마 못 가 하치양이 토벌대의 총에 맞아 사망했다는 소식을 들었다. 그녀는 가슴을 칼로 도려내는 아픔에 하염없이 울었다. 겁이 없고 부지런한 하치양은 전투가 끝난 현장에 내려가 무기를 수거하다가 매복한 토벌대의 총에 맞아 죽었다. 용감한 그는 길지 않은 빨치산 활동기간 동안 두 개나 되는 훈장을 받은 사람이었다.

하태연의 생각에 토벌대가 죽이는 이들은 단순한 좌익이 아니었다. 모두 숨죽이고 살던 그 엄혹한 시절, 일제에 항거해 투쟁하던 진정한 애국자였다. 친일 경찰과 친일 지주가 새로운 침략자로 온 미국과 손을 잡고 그 귀한 애국자를 학살한다는 생각밖에 들지 않았다. 그 원한은 죽는 날까지 결코 잊을 수 없을 것이었다.

이 점은 다른 대다수의 빨치산 출신도 마찬가지였다. 그들에게 빨치산 투쟁은 이념의 옳고 그름을 떠나, 항일애국지사가 주축이 된 반외세 투쟁이었다. 이들을 학살한 세력에 대한 분노는 이념을 넘은 민족적 감정이었고, 대부분의 빨치산에게 죽는 날까지 잊을 수 없는 원한으로 남았다. 전쟁 후 이남 사회에 적응해 살아가면서도 끝내 그들의 조국이 대한민국이 아닌 이북일 수밖에 없는 이유였다. 이남 사회가 어떻게 변화하고 발전하더라도 그 존재 자체를 인정하지 못하는 이유였다.

끔찍한 겨울이었다. 여름에는 그토록 무덥더니 겨울이 되니 어느 해보다도 혹독한 추위에 엄청난 눈이 쏟아졌다. 본래 눈이 별로 없는 남쪽 지방에 살았던 하태연은 평생 그렇게 많은 눈을 본 적이 없었다. 그나마 눈은 쌓이기나 하지 진눈깨비로 쏟아지는 날은 너무 힘들었다. 눈 녹은 물이 숯가마에 흥건히 스며들면 아이들 하나 앉힐 데가 없었다. 그래도 밤이면 잠이 쏟아져 물기가 적은 바위틈에 바짝 붙여 딸을 눕히고, 아들은 배 위에 올리고, 자신은 차가운 물 위에 그대로 누웠다. 냉기와 졸음으로 가물가물 정신을 잃노라면 이대로 죽는 건 아닌지, 내일 아침에 일어날 수 있을지 두려웠다.

쏟아지는 잠을 못 이겨 선잠을 자다 깨면 문득 사천 고향 집이 떠오르기도 했다. 가을 아침, 광활한 황금 들판 가득 이슬 맺힌 벼 잎사귀들이 반짝이는 풍경이 떠올랐다. 봄에는 대문 바로 앞에서 쑥을 캐 국을 끓이고 가을이면 잠깐 나가 논고둥을 파서 삶아 아버지 밥상에 회무침해 올렸던 기억이 떠올랐다. 초여름 밤이면 뽕밭에 반딧불이 날아다니고, 큰 비 내리는 장마철이면 마당에 분수가 생겨 맑디맑은 물이 퐁퐁 쏟아지는 집이었다. 서예를 좋아하던 아버지가 가꾼 화단에는 사시사철 꽃이 피어 있었다. 봄꽃, 여름꽃, 가을꽃 그리고 한겨울에도 꼭 한두 송이 국화는 귀하게 남아 계절의 끝자락을 지켰다. 고향 집

에는 뒷도랑도 있었다. 고요한 밤, 등잔불 앞에서 도랑물 흘러
가는 소리를 들으며 무슨 시인이라도 되는 양 일본말로 시를
지어 읊던 고운 시절이 꿈결처럼 오락가락했다.

한편, 경남도당은 진양군당과 진주시당을 맡아 성공적으로
임무를 수행해온 박판수에게 새로운 임무를 부여했다. 북상을
하지 못하고 덕유산 일대에 몰려 있는 인민군 병력을 수습해
경남도당 산하 유격대로 편입시키라는 명령이었다.

이를 위해 박판수에게는 경남도당북부블럭 책임자라는 지위
가 주어졌다. 블럭이란 용어는 얼마 후 지구당으로 바뀌었다.
거창, 산청, 합천, 함양 등 경상남도 서북부지역 전체 군당을 관
할하는 지구당 위원장이 된 것이다. 전쟁이 일어나기 전 김병
인에게 인수해 책임지고 있던 지역 전체와 함께 더 넓은 지역
을 총책임지게 되었다. 1950년 10월 중순이었다.

이현상이 이끄는 남부군 등 소규모 부대들은 무사히 소백산
맥과 태백산맥을 거쳐 강원도 철원지방까지 북상해 있었다. 그
러나 인민군 6사단 등 경남과 전남에 주둔했던 대병력은 추풍
령 고개를 장악한 미군과 국방군에 가로막혀 북상이 저지되고
말았다. 이북과 연락도 원활하지 않은 상태에서 이들은 조직되
지 못한 채 소부대 단위로 흩어져 개별적으로 보급투쟁을 하느
라 시간을 보내고 있었다. 그러나 유격전이든 보급투쟁이든 지

역사정에 밝은 군당이나 면당의 도움이 없이는 피해만 가중될 뿐이었다.

덕유산은 지리산과 마찬가지로 전북도당과 경남도당의 경계가 겹쳐 있는 곳이라 이미 전북도당에서는 각 조직계통을 보내 이들을 전북도당 산하 유격대로 편입시키고 있었다. 박판수는 경남도당의 조직책임자가 되어 파견된 셈이었다. 경남도당은 이 일을 효과적으로 수행하기 위해 도당 지도부까지 한동안 덕유산 논골에 올라가 있었다.

덕유산에 머물고 있던 인민군 부대는 이청송이 이끄는 남해여단과 6사단 포병대인 102부대와 105기동연대 등이었다. 박판수는 덕유산을 누비고 다니며 이들을 만나 북상을 포기하고 경남유격대에 들어와 후방교란 작전을 펼치도록 설득했다. 이미 이북의 인민군총사령부에서도 북상을 중지하고 전력을 재편성해 유격전을 펼치라는 명령이 내려와 있기도 했다.

북상 중지령은 중국군의 참전으로 인한 것이었다. 10월 하순부터 중국군이 밀고 내려오면서 전세는 빠르게 역전되고 있었다. 강원도 철원까지 올라갔던 이현상부대도 그곳에서 인민군과 남한 출신 등을 합쳐 800여 명의 대부대를 편성해 다시 남하하는 중이었다. 빨치산 부대 중 가장 큰 규모로, 남부군이라 불리게 되는 부대였다.

경남도당 유격대는 조영구 사령관의 지휘 아래 인민군 출신과 지역 출신을 합쳐 315, 303, 815 등 몇 개 부대로 재편성했다. 315부대는 인민군 6사단 출신이 주축이 된 부대였다. 303부대는 구빨치라 불리는 전쟁 이전 빨치산 출신과 지역 출신으로 구성된 부대로 지역 출신이 많은 만큼 활동력이 커서 불꽃부대라 불리며 활약했다. 조영구 사령관도 구빨치의 한 사람이었다. 815부대는 이현상부대의 뛰어난 전투사령관 중 한 명이던 이영회가 이끄는 부대로, 산하에 803, 805, 808 부대 등을 두었는데 역시 무장력의 규모가 크고 전투력이 좋아 크게 활약했다.

경남도당 휘하로 들어온 정규군 출신 중에는 특히 팔로군 출신의 전투능력이 뛰어났다. 지도부는 일제강점기부터 조선의용군에 편성되어 항일무장투쟁을 해왔고 대원들은 해방 후 중국공산당 팔로군에 들어가 장개석군대와 해방전쟁을 벌인 역전의 용사들이었다. 이들은 기동력만이 아니라 포 사격능력도 뛰어났다. 인민군이 후퇴하면서 가늠자를 빼서 버리고 간 박격포를 회수하여 눈대중으로 쏘아도 백발백중이었다.

팔로군 출신을 포함해 경남도당 산하에 편성된 빨치산은 얼마 후인 1951년 8월 이현상의 남부군이 내려오면서 모두 57사단으로 재편, 이영회 사령관의 지휘를 받게 된다. 57사단은 남부군의 주력부대로 토벌대를 괴롭혔다.

한편 경남지방 군당은 각기 30명에서 60명 정도의 유격대를 갖추고 활동했는데, 진양군 유격대는 웅선봉 달뜨기를 중심으로, 산청군 유격대는 산청군 지역에서, 합천군 유격대는 가야산 일대에서, 의령군 유격대는 자골산 일대에서, 함양군 유격대는 마천면을 중심으로, 하동군 유격대는 중산리에서, 사천군 유격대는 하계면 하계골에서, 거창군 유격대는 거창군 일대에서 활동했다. 박판수는 북부지구당 위원장으로서 진양군당, 거창군당, 산청군당, 합천군당, 함양군당 등을 모두 관할했다.

경남도당은 라디오와 녹음기에 자가발전기까지 갖추고 이북에서 송출되어 오는 조선중앙통신을 통해 명령을 받고 있었다. 녹취한 명령문이나 소식은 산중에서 발행하는 '경남로동신문'에 실어 경남도내 유격대원들에게 배부했다. 유격대는 이와 별도로 '경남빨치산신문'을 만들어 배포하기도 했다. 이들 신문은 전선의 소식은 물론, 세계 각국에서 일어나는 반제투쟁까지 다양한 내용을 담고 있었다.

1950년 11월 30일자 경남로동신문은 중국군이 밀물처럼 내려오는 현황을 보도했다. 10월 15일에 참전한 중국군이 20여 일 만에 미군을 청천강 이남으로 격퇴시키며 미군 460명, 국군 1,160명을 살상하고 미군 120명과 국군 3,778명을 포로로 잡았다는 기사였다.

중국군의 남하에 고무된 이 무렵의 경남도내 유격투쟁도 상당한 전과를 올리고 있었다. 이들 신문에 따르면 10월 29일부터 11월 16일까지 지리산에서 28회 교전으로 경찰 182명과 방위대 24명을 살상하고 포로 3명을 잡았으며 지서와 면사무소 등 관공서 38개소를 파괴하거나 소각했다. 또 수류탄 75개, 소총 87정 등 다량의 무기도 노획했다. 이런 소식이 경남도당뿐 아니라 전북도당, 전남도당으로도 전달되어 도당별로 발행하는 빨치산 신문에 실려 사기를 높이는 데 큰 역할을 했다.

조선중앙통신을 인용한 보도 중 국외에서 들어온 소식도 이들을 고무시켰다. 이 무렵 베트남 인민군은 백 년간 베트남을 지배해온 프랑스군을 대대적으로 공격해 연전연승을 거두며 수도 하노이 탈환을 앞두고 있었다. 미국의 식민지이던 필리핀에서 미국을 몰아내기 위해 활발한 독립투쟁이 벌어졌다는 소식도 있었다. 필리핀 공산주의 유격대가 퀴리노 정부의 조선 출병을 반대해 비행장 수개 소를 파괴하는 등 곳곳에서 무장투쟁을 벌이고 있다는 소식이었다. 영국공산당이 조선에 대한 침략전쟁을 중지하라고 선언했다거나 중국 유엔대표가 미국의 침략정책을 폭로하며 끝까지 투쟁하겠다고 결의했다는 소식도 있었다.

빨치산 지도부는 모든 정세가 유리하게 전개되고 있다고 판단했다. 이에 힘입은 경남 빨치산은 1950년 12월 5일 신원리의 삼엄한 토치카를 공격해 군경 49명을 사살하고 포로 10명을 잡는 대승을 거두었다. 토벌대는 빨치산의 해방지구 입구인 덕산을 집중공격하고 있었는데 12월 초 5백여 명의 토벌대가 동원되었으나 도리어 큰 피해를 입고 후퇴했다. 빨치산은 노련한 작전으로 토벌대를 포위해 포 1문, 중기 2정 등을 노획하고 31명을 살상하였으며 3명을 포로로 잡았다. 포로 중에는 미국인 고문도 포함되어 있었다. 잇달아 다음 날 벌어진 전투에서도 토벌대 40명을 사살하고 30여 명을 부상시키는 승리를 거두었다.

빨치산의 저항이 완강한 만큼 토벌대의 압박도 강했다. 경남 로동신문은 1951년 1월 22일 진양군 한 마을에서 토벌대가 주민가옥 10여 채를 불태우고 자수자 등 남녀 21명을 총살 혹은 구타했으며 주민의 식량을 약탈해 갔다고 보도했다. 토벌대는 마을 부녀자 9명을 강간하고 45세까지의 남자를 진주방면으로 끌고 갔다는 내용이었다.

토벌대의 공세에 자수자가 속출하는 것도 사실이었다. 인민군 후퇴와 함께 입산했던 사람 중에는 별다른 사상적 준비도 없이 인민군 치하가 되면서 인민위원장이니 여맹위원장 등을 맡은 이들이 많았다. 이들은 끊임없는 전투와 굶주림 속에 자진해서 토벌대에 투항했다. 산청군당 소속 차황면당 위원장과 동면 인민위원장 등이 그들이었다. 그러나 자수했다고 해서 산다는 보장은 없었다. 자수를 하더라도 직책이 높았던 이들은 혹독한 고문이나 구타로 죽임을 당하거나 감옥에 보내졌다.

군경토벌대에 비해 빨치산의 대민규율은 철저했다. 인민군이 그랬듯이, 빨치산은 민간인에게 조금도 피해를 입히지 않도록 애썼다. 빨치산의 존재 자체가 지리산과 덕유산 주변 민간인에게 고통을 준 것은 어쩔 수 없다 하더라도, 개별적인 피해를 입히지 않도록 사상교육을 거듭하고 위반자에 대해서는 엄벌에 처했다.

빨치산은 대민정책을 인민규율이라 부르며 인민규율의 기치를 높이 들자고 강조했는데 간혹 이를 어기는 사례에 대해 지적하기도 했다. 예컨대 보급투쟁이나 전투에 나가서 주민의 식기나 족보, 소학교 교과서 등을 가져오는 사례가 적발되어 처벌받기도 하고, 특공대원이 주민을 동원하는 데 있어서 신발신을 시간도 주지 않고 맨발로 나오도록 강압했던 사례 등이 지적되기도 했다.

지리산 전체가 들끓듯 매일 계속되는 전투 속에 하태연과 아이들은 혹독한 고생으로 겨울을 나고 있었다. 어떻게 지냈는지도 모르게 길고도 긴 겨울이 지나고 1951년 봄이 오니 남편이 보낸 연락원이 찾아왔다. 이동을 해야 한다는 말에 어딘지도 모르고 따라가 보니 달뜨기 능선이었다. 박판수는 덕유산 활동을 성공리에 마치고 경남도당 북부지구당을 이끌고 달뜨기 딱바실로 돌아온 것이다.

지구당에 합류했다고 해서 남편을 자주 볼 수는 없었다. 박판수는 정신없이 바빴다. 끊임없이 벌어지는 전투를 후방지원하고 경남도당 산하 민주청년동맹 하동군 선전부부장인 김교영 등 도당에서 내려오는 대원들과 회의를 열어야 했다. 다른 대원의 사기를 고려해 부부나 애인일수록 멀리 떨어뜨려놓는 것이 빨치산의 규칙이기도 했다. 전투대원도 아닌 하태연이 부인이라고 해서 쉽게 지구당 위원장을 만날 수는 없었다.

봄이 와서 이 골짝 저 골짝에 진달래가 만발했으나 추적은 더욱 심해졌다. 토벌대는 녹음시기가 다가오자 산마다 불을 질러 피할 곳을 없앴다. 미군기는 봄꽃이며 연녹색 새 잎사귀들이 아름다운 산등성이에 휘발유를 쏟아 붓고 네이팜탄이라 부르는 소형 원자탄을 떨어뜨려 불바다로 만들었다. 북부지구당도 토벌대에 위치가 노출되어 집중공격을 받아 버티지 못하고 감은골로 이동해야 했다.

토벌대는 빨치산은 물론, 그들에게 동조하는 가난한 민중을 철저히 유린했다. 경남로동신문은 3월 2일 자 보도에서 지리산

주변 마을에서 일어나는 민간인 학살에 대해 상세히 보여주고
있다.

"오늘 임시 후퇴하였던 용감한 인민군대들은 각 전선에서 원
쑤들을 격멸소탕시키면서 진격하여 오고 있는 이때 죽어가는
원쑤들은 야수적인 학살정책으로 다시 이 땅을 무고한 인민들
의 피로써 물들이고 있다.

금서면 반곡에서는 원쑤들이 사면 포위하고 들어와 전체 남
녀노소 할 것 없이 불러내어 논밭에 엎드려 놓고는 눈을 감기
고 경기, 중기로서 난사하여 전멸시키고도 시원치 않아 쓰러진
사체 위에 다시 수류탄을 던져 부락민 한 사람도 남기지 않고
학살하고 가옥 전부를 소각하였다. 이 학살 시 한 어머니는 자
기는 죽으면서도 귀중한 자식을 사랑하는 어머니의 고귀한 자
식에 대한 사랑은 자기 가슴에 끌어안았던 젖먹이 어린 것을
엎드려서 보호하다가 놈들의 총탄에 쓰러졌다.

그런 줄도 모르는 철없는 어린이는 총소리에 놀래어 학살당
한 어머니의 젖가슴을 만지며 울고 있는 그 가여운 장면은 보
통 사람이라면 눈뜨고 볼 수 없는 것이었다. 그러나 피에 굶주
린 원쑤들은 그 어린 것의 발목을 거꾸로 치켜들고 요것이 죽
지 않았다고 하면서 잔인무도하게도 카빈총으로 연약한 어린
애의 머리에 계속 일곱 발이나 쏘아 죽였으며 이와 같은 방법

으로 '방실, 중태, 자현, 방곡, 가현, 주안' 등 6개 리의 전체인 민들을 모조리 학살하였으며 인민들 가옥도 전부 소각하였다."

빨치산의 활약은 토벌대를 홍분하게 할 만도 했다. 4월 30일 에는 국군 16연대 1대대 6중대와 7중대 3백여 명이 중산리 앞 능선을 타고 올라오다가 빨치산 부대에 발견되었다. 빨치산은 아침 8시에 매복에 들어가 능선을 내려오는 국군을 냇가 부근 에서 집중 사격하는 한편 돌격조가 토벌대 깊숙이 파고들어 바 위를 사이에 두고 수류탄 투척전을 벌였다.

전투는 저녁 6시까지 계속되었는데, 밤이 되면서 철수한 국 군이 곡점국민학교에 내려가 휴식을 취하자 빨치산이 이를 다 시 기습해 삽시간에 36명을 사상시켰다. 이날 전투로 국군 43 명이 죽고 6명은 생포되었으며 부상자도 수십 명에 이르렀다. 전열을 정비한 국군 2백여 명은 다음 날 다시 토벌을 시작했으 나 역시 빨치산의 매복에 걸려 24명이나 사살당한 채 후퇴하고 말았다. 이런 식으로 번번이 빨치산에게 당한 토벌대는 독이 오를 대로 올라 무자비한 작전을 펼칠 수밖에 없었다.

빨치산의 거듭된 승리는 죽음을 두려워 않는 유격대원의 투 지가 있었기에 가능한 일이었다. 잇단 승리의 한편으로는 많은 유격대원이 영웅적 죽음을 남겼다.

유격대원 조현철은 포위망에 걸리자 동료를 내보내려 악전

고투를 벌인 끝에 부상당한 채 혼자 남았다. 조현철은 자기 머리에 권총을 대고 외쳤다.

"네 이놈들, 나는 지금 죽는다. 그러나 인민공화국 주위에 굳게 뭉친 조선 인민은 엄연히 살아 있다. 멀지 않아 너희에게 엄격한 심판을 내릴 것이다!"

그러고 자기 권총으로 머리를 쏘아 자결했다.

임정택은 포위망을 뚫고 나가다가 두 다리에 총을 맞아 움직일 수 없게 되자 역시 권총 자결을 택했다. 그는 다음과 같이 외친 것으로 전해졌다.

"네놈들에게 최후의 내 목숨을 끊게 할 수는 없다. 나는 조국과 인민을 위해 비겁하지 않았다!"

열일곱 살 어린 나이의 강병구는 두 발을 다쳐 중환자 아지트에서 누워 치료받던 중 체포되었다. 지서에 끌고 간 경찰은 그의 나이가 너무 어린 걸 동정했다.

"너는 어리고 죄가 없으니 정보를 제공하면 살려주겠다."

그러나 강병구는 경찰의 회유를 거부하였으며 경찰이 어린 애라고 느슨하게 놔둔 사이에 책상 위에 놓인 수류탄을 집어 안전핀을 뽑았다.

"나에게 나 혼자 살기 위해 조국과 인민을 배반하고 자기 대오를 팔라는 놈은 누구인가? 이 더러운 개놈들아. 내 비록 나이

어리지만 나 혼자 살기 위해 더러운 반역자가 되지는 않을 것이다."

강병구는 외치며 수류탄을 폭파시켜 자신과 함께 경찰 4명을 죽이고 7~8명에게 부상을 입혔다.

여성 유격대원들의 결의도 대단했다. 군 여성동맹위원장 강영임은 민가에서 공작을 하고 돌아오다가 쫓겨 포위되자 수류탄을 들어 핀을 뽑고 가까이 오면 터뜨린다고 위협했다. 이에 토벌대가 당황해 달아나자 그 틈을 이용해 빗발치는 총알을 피해가며 뛰었으나 또다시 포위되었다. 토벌대가 투항하면 살려준다고 했으나 강영임은 외쳤다.

"이 개놈들아, 내가 너희들에게 손들 것이 아니라 너희들이 오히려 총을 놓고 조국을 위해 인민의 편에 서라!"

강영임은 말을 마치고 쥐고 있던 수류탄을 놓아 자폭해버렸다.

역시 여성대원인 김상숙은 산중 아지트가 포위되어 달아날 길이 막혔다. 토벌대가 투항하면 살려준다고 하자 김상숙은 외쳤다.

"너희는 미 제국주의 무력침공자의 충실한 앞잡이로 개질하는 놈들 아니냐? 그런 개놈들하고 나는 말할 수 없다. 나에게는 다만 조국과 인민을 위해 투쟁하는 길밖에 없다. 죽이려면 죽여라!"

그러고는 '공화국 만세!'를 외치다가 총탄세례를 받고 죽었다.

비극적이고 영웅적인 죽음만 있는 것은 아니었다. 빨치산은 전투가 소강상태일 때면 오락회나 체육대회를 열기도 했다. 이런 시간이면 그동안의 전과를 보고하고 훈장 수여, 지휘관의 격려사가 이어지기 마련이었다.

1951년 6월 25일, 경남도당 산하 전 빨치산 부대원은 이날을 '위대한 조국해방전쟁 1주년 기념일'로 명명하고 다 함께 모여 기념식과 오락회를 열었다.

오락회에 앞서 먼저 열린 경험교환회에서는 삼면이 포위된 위급상황 속에서 대담하게 총을 난사하며 빠져나온 이야기부터 수류탄 세 개로 국군 30여 명을 살상한 경험담이 이어졌다.

오락회가 시작되자 각 부대원은 부대별로 연습한 박자 소리에 맞춰 합창, 독창, 민요, 춤 등 다양한 장기자랑을 벌였다. 빨치산은 손바닥으로 박자를 맞추는 걸 기술박수라고 불렀는데, 갖가지 재미있는 춤에 이르러 이는 최고조를 이뤘다. 재능 많은 대원은 엉덩이를 묘하게 흔들며 추는 궁둥이춤, 꼽추처럼 등에 옷을 집어넣고 추는 곱새춤 등을 추었고 해학스러운 각종 가면을 쓰고 나와서 연극을 했다. 노래에 맞춰 추는 한강수와 노들강변 춤은 모두를 흥겨운 어깨춤으로 들썩이게 했다.

오락회 심사 결과, 모든 부대가 우열을 가릴 수 없는 점수가 나와 씨름으로 최종 승부를 가리기로 했다. 각 유격부대는 대표 5명씩 나와 씨름을 벌였는데, 오락은 일부러 동점을 주었지만, 씨름은 진짜 대결이었다. 환호성과 탄식 속에 연거푸 승패가 갈린 끝에 102부대가 우승했다.

오락회가 열린 날만큼은 다들 전투의 고난을 잊고 흥겨운 하루를 보냈다. 그러나 전반적인 상황은 점차 나빠지고 있었다. 밀물처럼 내려오던 중국군은 충청북도 언저리에서 저지당하고, 다시 38선 근방으로 후퇴해 기나긴 공방전에 들어갔다. 남부 산악지대의 빨치산은 희망도 없는 고립무원의 상태에 빠져들어 갔다.

7.

체
포

하태연은 악화하는 상황 속에서도 아이들을 살리려고 너무나 힘겨운 나날을 보내고 있었다. 진성면 여맹위원장이다 보니 가끔 경남도 여맹위원장 조복애며 여맹 조직부장이 방문하곤 했다. 조복애는 작은 키에 남자처럼 다부지고 용맹한 여성이었다. 박판수 부부를 아꼈던 그녀는 하태연이 아이들을 돌보는 모습을 보면서 안타까워하며 말하곤 했다.

"'하동지는 아이들만 없으면 일 잘할 수 있겠는데. 아이들 떼어 보낼 연구를 해봅시다."

하지만 상황이 여의치 않다 보니 상부에서 이런 일까지 일일이 신경 쓸 겨를이 없었다. 조복애나 조직부장은 어쩌다가 만날 때나 걱정할 뿐, 지나가면 소식이 끊겼다.

하태연으로서는 빨치산 대원들이 생명을 걸고 보급해 온 식량을 아무것도 하는 일 없이 축내는 게 송구스러워 견딜 수가 없었다. 하루 한두 끼니로 극한의 굶주림 속에서 피 흘리며 전투하는 동지들을 생각하면 하루에도 몇 번씩 아이들을 떼놓고 자기도 총을 들고 싸워야 한다는 생각이 몰아쳤다.

박판수도 더 이상은 용납하지 않았다. 하루는 하태연을 찾아와 민가에서 함께 자면서 신신당부했다. 당장 아이들을 데리고 산 아래로 내려가거나 아니면 이북으로 올라가라는 것이었다. 하태연은 아이들을 떼어놓고 자기만 다시 올라와 투쟁에 동참하겠다고 답했다. 자기도 동지들처럼 총을 들고 토벌대와 싸우겠다는 결심이었다. 딸 현희가 학교에 입학할 나이가 되었는데 계속 산에 데리고 있을 수는 없다는 생각도 있었다.

입산 10개월 만인 1951년 7월 중순, 하태연은 결국 하산을 결심했다. 검문에 걸리지 않기 위해 옷을 깨끗이 빨아 입고 밤을 틈타 민가로 내려왔다. 막상 하산하기는 했지만 어디나 적의 소굴이었다. 가자마자 붙잡힐 게 뻔한 동산리 집에는 갈 수 없었다. 먼저 박판수의 셋째 누이 집으로 가서 딸 현희를 떼어놓았다.

현희는 엄마가 자기를 떼어놓고 가는 것을 눈치채고는 따라

가겠다고 통곡하며 발버둥을 쳤다. 고모가 붙잡으니 고모 손목을 물어뜯고 발버둥치다가 놓치는 바람에 보리짚단에 넘어져 머리까지 찢어졌다. 하태연은 모질게 마음먹고 뒤도 안 돌아보며 시누이 집을 나섰다.

일단 딸은 해결되었으나 어린 아들은 맡길 곳이 마땅치 않았다. 큰집도 자식이 다섯이나 되는 데다 큰아들 수환을 잃은 슬픔에 젖어 있어 차마 맡길 엄두가 나지 않았다. 아들을 맡길 만한 곳이 없어 아는 집을 헤매고 다니다가 경찰 검문에 걸리고 말았다. 아이를 안은 몸인데도 도민증이 없다는 이유로 체포되고 말았다. 다섯 살 난 아들 준환을 업은 채 경찰서로 끌려갔다. 하산 열흘 만이었다.

아이를 업은 채 잡혔으니 유치장에도 함께 갔다. 험한 산만 다니던 녀석이 큰길로 가니 잡혀가는 줄도 모르고 좋아서 앞으로 뛰어보기도 하고 뒤로 돌아 달려오면서 엄마야 하고 품에 안겼다가 또 뛰고 하며 좋아했다. 유치장에 들어가서는 배가 고프면 울면서 먹을 것을 달라고 칭얼대고 배가 부르면 기분이 좋아 '김일성 장군의 노래'를 부르며 온 유치장을 뛰어다니니 간수들이 역정을 내고 야단이었다.

"저놈의 빨갱이 새끼! 시끄러워!"

처음 사흘은 아이 때문인지 별일이 없었다. 사흘 만에 큰댁

식구가 아이를 데리러 찾아왔다. 무릎 위에서 자던 녀석을 경찰이 안아 떼어내자 깜짝 놀라 경기를 일으키도록 울어대는데 가슴이 미어지는 것 같았다.

아이를 보내고 나니 키가 180센티미터가 넘을 것 같은 거구의 형사가 오더니 '나와!' 하고 소리치며 유치장 문을 땄다. 형사는 문을 나서자마자 솥뚜껑만 한 손바닥으로 따귀를 후려갈겼다. 그대로 뒤로 넘어져 풀썩 주저앉는데 눈앞에 별이 튀고 세상이 노랬다. 갑자기 지옥으로 들어간 기분이었다.

수사실에 들어가니 형사 몇이 기다리고 있다가 제1고문으로 들어가자고 수군대더니 벽 앞에 걸상을 놓고 그 위에 올라서게 했다. 공포에 떨며 올라서자 두 팔을 몸 뒤로 묶고 두 다리도 포승으로 묶었다. 그러더니 벽에 박힌 대못에 팔 묶은 포승을 걸고는 걸상을 쑥 빼버리는 것이었다. 팔이 뒤로 꺾인 채 거꾸로 매달리니 목은 꺾여 눈알이 튀어나오고 혀가 쑥 빠지는 것 같았다. 팔의 통증은 말할 것도 없었다. 겨드랑이가 찢어지는 것 같고 관절이 빠질 듯 아픈데 형사들은 묶인 다리를 이리 당기고 저리 밀며 고통을 가했다. 목에서 돼지 잡을 때 같은 캑캑 소리가 절로 터져 나왔다. 팔은 얼마 못 가 감각이 사라져 때리고 꼬집어도 아프지도 않았다.

다음에는 알몸 물고문이었다. 실오라기 하나 남김없이 완전히 벗게 하더니 각각 팔과 다리를 묶어 가운데 모래밭에 눕혔다. 그러고는 발광 못하게 한다며 묶은 두 다리 위에 쇠몽둥이를 걸쳐 두 명이 양쪽에서 누르고, 묶인 팔과 목 사이에도 쇠몽둥이를 넣고 양쪽에서 눌러댔다. 그러고는 입과 코에 옷을 덮어씌운 후 그 위에 양동이로 물을 붓기 시작하니 숨도 쉬지 못하고 위로, 폐로 들이마실 수밖에 없었다. 양동이가 비면 또 가득 떠다 붓기를 두번 세번 계속하였다. 물에서는 이상한 냄새까지 났다. 나중에 보니 재를 쏟아 부은 잿물이었다. 하도 많이 들이마셔 배가 불룩해지자 한 놈이 구둣발로 배 위에 올라서서 펄쩍펄쩍 널을 뛰었다. 물과 함께 아침에 먹은 음식까지 입으로 항문으로, 하문으로 마구 쏟아져 나왔다. 마음으로는 눈과 코에서도 물이 쏟아져 나오는 것 같았다.

"야! 누가 이년 밥 먹였어?"

분수처럼 물과 음식물을 뿜어내는데 고문하던 한 놈 얼굴에 튄 모양이었다. 수건을 달라, 물로 씻는다, 난리를 피웠다. 물고문을 할 때는 밥을 굶기는 모양이었다.

놈들이 부은 물은 꼬박 일곱 양동이였다. 기진해서 죽어가니 그제야 다음 고문을 하자며 멈추는데 마지막으로 붓는 물은 유달리 코가 아팠다. 끝판에 잿물 흔적을 씻어내려고 맹물을 부었던 것이다.

세 번째 고문은 성고문이었다. 여전히 벌거벗은 상태에서 물고문에 지쳐 축 늘어져 있는데 바닥의 더러운 모래를 집어 하문에 밀어 넣고는 쇠몽둥이로 마구 쑤시는 것이었다. 수많은 사람이 고문으로 피 흘리고 잿물이며 음식물로 더러워진 모래를 쇠몽둥이로 콱콱 쑤셔 넣으니 아이를 낳는 것보다도 더 끔찍한 고통이 밀려왔다. 마구 비명을 지르니 놈들은 떠들썩하게 웃어대며 말했다.

"야, 이년아! 이것이 바로 말O이다!"

아랫도리가 피범벅이 되도록 몇 번이나 더러운 모래를 쑤셔 넣기를 반복하니 겨드랑이처럼 감각도 사라졌다.

온몸이 만신창이가 되어 죽어가니 그제야 옷을 입으라 하고 유치장으로 돌려보냈다. 계속 오줌이 흘러나와 변소에 앉아 있으면 소변에서 지독한 잿물 냄새가 나서 코를 돌리지 않으면 안 되었다.

며칠이고 수사가 계속되는 사이, 병균이 우글거리는 모래로 고문당한 자궁이 곪아 터지며 악취가 나기 시작했다. 나중에 감방으로 넘어가서도 살 썩는 냄새가 나서 사람들이 옆에 오기를 꺼렸다. 작은오빠는 산에서 죽고, 하나 남은 큰오빠가 밭을 팔아서 약을 영치해주어 오랫동안 복용하고 나서야 겨우 악취가 사라졌다.

알몸고문은 하태연만 당한 게 아니었다. 감옥에 가보니 여맹이나 인민위원회에서 활동했다는 여자들은 대부분 알몸으로 구타와 고문을 당했고, 집단 강간당한 여자도 있었다. 이 짐승보다 못한 야만적인 알몸고문은 전쟁이 끝나고도 이삼십 년 이상 간첩혐의로 체포된 여성들에게 일반적으로 행해졌다. 간첩혐의로 체포된 사람은 남녀 구별 없이 완전히 벗기고 한 방에 수용해 짐승처럼 두들기고 고문하는 일이 1980년대 초반까지도 계속되었다.

고문당해 마비된 팔이 채 낫기도 전에 검사국으로 이송되었다. 포승을 찬 채 검사국에 들어서니 김일두라는 검사가 짤막한 박달나무 방망이로 어깨며 허벅지를 내리쳤다.

"네가 박판수 부인 하태연이가? 바른 말 안 하면 죽는 줄 알아라!"

수십 번을 때리고 때려대니 뼈마디에 박달나무가 부딪힐 때마다 미칠 것처럼 아팠다. 그렇게 검사 취조기간 열흘 내내 매를 맞으니 사람 꼴이 말이 아니었다. 손발이 마비되다시피 하여 걷지도 못하고 밥도 제대로 먹을 수가 없었다. 감방에 돌아가면 사상범으로 잡혀 있는 다른 재소자들이 불쌍하다고 어깨를 부여안고 함께 울기도 했다.

재판소도 마찬가지였다. 하필이면 좌익 때려잡기로 악명 높은 오재도가 판사였는데 묻는 말마다 기가 막혔다.

"야, 너희들, O은 어디서 하냐?"

법관이란 자의 입에서 도저히 나올 수 없는 쌍스러운 말이 마구 쏟아지는 걸 들으니 이놈이 정말 개새끼구나 싶었다. 검사와 판사는 인민군에게 먹을거리를 장만해준 것 외에는 특별히 한 일도 없이 토벌대에 쫓겨 아이들을 보호했을 뿐인데, 15년을 구형해 8년 형을 언도했다.

하태연이 체포된 뒤에도 박판수는 지리산에 남아 활동을 계속하였다. 그녀가 체포된 직후인 1951년 8월, 인민군총사령부에서 8·15를 맞아 빨치산은 총공세를 취하여 적 후방을 일층 교란하라는 명령을 보내왔다. 이에 따라 지리산 일대 빨치산은 대대적인 공세에 나섰다.

대공세를 주도한 것은 이현상이 이끄는 남부군이었다. 수백 명의 정예부대를 갖춘 남부군은 지리산 일대를 차례로 돌아다니며 경남도당, 전북도당, 전남도당 산하 유격대와 연합해 대규모 전투를 벌여나갔다. 수백 명에서 일천 명 이상이 동원되는 대규모 전투는 유격전이라기보다는 사실상 정규전이나 다름없었다.

이남 군경은 지리산 주변 경찰서마다 박격포도 막을 수 있는 대형 방호벽을 만들어놓고 이삼백 명씩 지키고 있었다. 군경은 빨치산이 민가에 들어가 식량을 가져갈 수 없도록 주민들의 식량을 모두 압수해 방호벽 안에 쌓아놓고 매일 필요한 분량씩만 나눠주었다. 빨치산으로서는 식량을 보급하기 위해서라도 방호벽을 공격하는 모험을 감행하지 않을 수 없었다.

경남도당 유격대와 연합한 남부군은 8월 18일 산청군당의 도움으로 난공불락의 요새라는 시천면 경찰지서 방호벽을 공격했다. 두 발의 박격포를 신호로 양측 수백 개의 총구가 불을 뿜기 시작했다. 하지만 빨치산은 들판에 노출된 반면 토벌대는 방호벽 안에 몸을 감추고 있었다. 빨치산은 하나둘 쓰러져갔으나 방호벽은 박격포에도 무너지지 않았다. 한밤에 시작된 전투는 다음 날 하루를 꼬박 계속해 자정이 넘도록 계속되었다. 그러나 강제로 동원된 군경토벌대는 자발적으로 목숨을 던지는 빨치산을 이겨낼 수 없었다. 빨치산 특공대가 빗발치는 총탄을 뚫고 방호벽을 타고 올라 수류탄을 까 던지는 것으로 싸움은 끝났다. 공격 사흘째 되던 날 새벽 1시였다.

경찰서가 함락되고 군경이 도망쳐버리면서 시천면 일대는 완전히 빨치산 차지가 되었다. 빨치산은 진주와 산청을 잇는 토벌대의 기동로까지 장악하고 지원 오는 국군 트럭 3대를 기습해 수십 명을 살상했다.

기동력 있는 소수 인원으로 상대방의 허점을 치고 빠지는 유격전의 원칙과는 거리가 먼 이 대규모 전투는 많은 빨치산의 희생을 가져왔으나 위력 자체는 대단했다. 남부군은 경남도당 유격대와 연합해 시천, 삼장, 화개, 마천지구를 일시적으로 점령한 데 이어 9월에는 전라남북도로 넘어가 승전을 계속했다. 9월 13일부터 사흘간 전남 구례군 산동지구를 점거한 것을 시작으로 전북 완주군의 고사면, 운주면, 운봉, 고천 등지에서 치열한 전투가 벌어져 토벌대 600여 명을 살상하고 40여 명을 포로로 잡는 전과를 올렸다.

이중에서도 남부군과 전남도당 유격대가 합동작전을 벌인 구례군 산동면 지구 전투는 정규군도 해내기 어려운 일방적인 승리였다. 이 싸움은 빨치산 전투로는 힘겨운 조건에서 승리했기에 토벌대에게 더 큰 충격을 주었다.

산동은 전남 구례와 남원을 잇는 지리산지구의 요충지로 그 거리가 불과 40리밖에 안 되어 남원에 있는 지리산지구 전투경찰 사령부와 구례에 주둔한 대규모 토벌대가 즉각 지원 나올 수 있는 곳이었다. 이런 불리한 지리적 조건 속에서도 남부군 참모장 박종화 등 탁월한 유격지휘관들의 전술로 산동지서와 중동분서 등을 완파하고 구례와 곡성 방면에서 응원 오는 토벌대 1천여 명에게도 치명적인 타격을 입혀 후퇴하게 만들었다. 이 전투로 토벌대 510명을 살상하고 포로 31명을 확보했을 뿐 아니라 박격포 3문, 경기 24정, 중기 9문 탄알 18,000발 등 막대한 무기를 탈취했다.

남부군의 남하에 힘입은 경남도당 유격대도 9월 13일 산청군 생비량면 지서를 공격해 함락시키고 이틀 후인 15일에는 합천군 삼가면, 17일에는 의령군 궁류면, 19일에는 합천군 초개 방면 등등 경남서북부 전역에서 대대적인 공세로 연승을 거두었다. 잇단 대규모 공격으로 토벌대 524명을 살상 내지 포로로 잡았으며 다량의 무기를 탈취했다.

박판수가 조직해온 인민군 부대 등 경남도당 산하 유격대들은 사령관 이영회의 지휘 아래 57사단으로 합쳐져 대규모 공격에 나섰는데 특히 합천군 삼가면 전투가 치열했다. 전면 공격에 앞서 9월 14일 자정에 삼가면 인근에 도착한 57사단과 각 군당 요원들은 한밤중에 숲속에서 열성자대회를 열어 격렬한 토론과 결의대회를 하고 새벽 5시에 총공격을 시작했다. 경찰지서 방호벽 안에 주둔한 2백 명이 넘는 토벌대를 대상으로 치열한 공격을 퍼부은 끝에 7시간 만인 오전 11시 45분 마침내 경찰지서에 불기둥이 치솟고 토벌대는 사방으로 흩어져 달아나버렸다.

삼가면 일대를 완전히 장악한 가운데 57부대는 삼가면 주민을 모아놓고 유격투쟁의 의미를 선전 선동하는 한편, 지원 오던 타 지역 응원경찰 70여 명을 매복으로 물리쳤다. 이 전투로 빨치산은 경찰서장을 포함한 40여 명의 토벌대를 살상하거나 포로로 잡는 전과를 올렸다.

의령군 궁류면 전투 역시 치열했다. 삼가면을 공략하는 데 성공한 57부대는 곧바로 의령군 궁류면으로 이동해 9월 17일 낮 12시 30분부터 대담한 주간공격을 시작했다. 먼저 궁류면 입사리에 진입한 빨치산은 주둔하고 있던 토벌대를 가볍게 물리치고 주민들이 해주는 따뜻한 점심을 먹은 후 궁류면 경찰서 공격에 들어갔다. 어느 경찰서나 마찬가지로 방호벽으로 둘러싸인 궁류면 경찰서 안에서는 빗발치듯 총탄이 날아왔으나 사기 넘치는 빨치산을 이길 수는 없었다. 불과 세 시간 만에 경찰서에서 불길이 치솟고, 토벌대는 여러 구의 시체를 남긴 채 달아나버렸다.

산청군 삼장면 전투는 쉽지 않았다. 시천면 경찰지서와 함께 삼장면 경찰지서도 다른 어느 곳보다 높고 두꺼운 방호벽으로 요새화된 곳이었다. 이전에도 수차례 공격을 가했으나 밤새 교전을 벌이고도 번번이 후퇴할 수밖에 없던 난공불락의 요새였다. 그러나 이영회의 57사단을 주력으로 인근 군당 요원이 총동원된 공격을 이겨내지는 못했다. 9월 19일 새벽 1시 박격포로 공격을 시작한 빨치산은 19일 온종일 공격을 퍼부은 끝에 다음 날인 20일 오전 3시 경찰서를 함락시키는 데 성공했다.

경남도당 유격대는 한때 화개면까지 장악하는 등 1951년 가을 내내 혁혁한 승리를 거두었다. 유격전이라기보다 정규전에 가까운 이들 전투는 이현상의 남부군이 주도했으나 독자적으로 결정한 것이 아니라 평양의 인민군총사령부 명령에 따른 것이었다. 유격전 자체로 후방 도시를 장악할 수는 없더라도 후방을 격렬히 교란시킴으로써 전방의 군대를 동요하게 만들기 위함이었다.

실제로 그 효과는 금방 나타났다. 국군은 이해 12월, 중부전선 최전방의 4만여 병력을 남하시켜 지리산 일대 빨치산 토벌에 나섰다. 후방교란으로 전방을 약화시킨다는 인민군총사령부의 전략이 주효한 것이다. 남부군이 소규모 유격전을 하지 않고 대규모 공격을 감행했다고 이현상 사령관을 비판하는 견해도 있지만, 이는 당시 실정과 동떨어진 원론적 비판이었다.

거센 공격의 여파는 컸다. 반경 수십 킬로미터밖에 안 되는 지리산 일대 빨치산에게 국군의 대규모 공세는 치명적이었다. 남부군의 공세 과정에서 숨진 빨치산의 숫자와는 비교도 할 수 없는 궤멸적인 타격이 기다리고 있었다. 여기에 미군은 비행기를 이용해 산악지대에 이질, 장티푸스 같은 세균을 투하함으로써 빨치산의 궤멸을 가속화시켰다.

국군토벌대는 1951년 12월 초순 제1차 공세를 시작했다. 지금까지의 그 어떤 공격과도 비교할 수 없는 대규모 공세였다. 수만 명의 병력이 지리산 전역을 에워싸고 야포와 비행기를 동원해 온 산이 불바다가 되도록 폭격을 가한 후 그물망처럼 좁혀오며 눈에 띄는 모든 것을 살상했다. 예전의 토벌대는 낮에 올라왔다가 저녁이면 내려갔으나 국군토벌대는 야간에도 내려가지 않고 주요 능선마다 가로등을 밝히듯 수많은 모닥불을 피워놓고 그 자리에서 밤을 새웠다. 빨치산에게는 그 어느 곳도 안전하지 않았다.

　　제1차 공세로 상당한 전력을 손실한 빨치산에게 1952년 새해가 되자마자 또다시 제2차 공세가 가해졌다. 국군은 이리저리 훑고 다니며 사살하는 작전 대신 이번에는 사방에서 포위망을 좁혀 한군데로 몰아넣은 다음 포격으로 몰살시키는 작전을 택했다. 그 최종 함정은 대성골이었다.

　　대성골은 지리산에서 가장 긴 골짜기인 쌍계사골 최상류에 위치한 작은 계곡이었다. 국군은 빨치산을 사방에서 공격해 대성골로 몰아넣은 후 휘발유 통을 대량으로 투하하고 네이팜탄과 야포로 불바다를 만들어버렸다. 포위망에 쫓겨 골짜기로 들어갔던 유격대와 당 간부, 투쟁인민은 학살이나 다름없이 집단 몰살당했다.

국군은 대성골 공격으로 빨치산 300명을 사살하고 251명을 체포했다고 발표했다. 그러나 포탄에 맞아 산산이 부서지고 네이팜탄에 재가 되어버려 집계할 수 없는 인원까지 합치면 최소한 1천여 명이 죽거나 체포되었다.

대성골 참사로 빨치산은 치명적인 타격을 입는데 특히 경남도당 지도부는 궤멸하다시피 했다. 대성골이 경남도당 지역이다 보니 특히 타격이 심했다. 도당위원장 남경우, 부위원장 허동욱과 조영래, 조직부장 강명석, 57사단 정치위원 김의장, 구례군당 위원장 등 고위간부 14명이 사망했고 이인모 등 하급간부와 유격대원 다수가 체포되었다. 대성골에 갇혔다가 이현상을 호위해 뚫고 나온 경남도당 간부는 이영회, 노영호 등 극소수에 지나지 않았다.

박판수는 대성골에 들어가지 않아 살아남을 수 있었다. 미군의 세균전으로 심한 장티푸스에 걸려 환자 아지트에 있었던 것이다. 그러나 제3차 공세 때 꼼짝 못하고 체포당하고 말았다.

당 간부들은 권총을 지니고 있어 체포될 경우 자살하는 게 불문율이었다. 박판수도 늘 권총을 지니고 있었다. 그런데 마침 문병을 온 산청군당 위원장 민영식의 권총이 고장 났다기에 자기는 누워 있으니 투쟁하는 사람이 써야 한다고 권총을 주었는데 국군이 밀고 들어오는 바람에 자결도 못하고 체포되고 말았다. 아내 하태연이 체포된 지 7개월 후인 1952년 2월, 그의 나이 35세였다.

박판수의 권총을 가져갔던 민영식은 얼마 후 신원면 대현리에 있는 바랑산에서 토벌대에 포위되자 권총으로 자결했다.

체포되던 때 박판수의 최종 직위는 조선노동당 경남도당 북부지구당 위원장이었다. 진주, 함양, 산청, 진양, 합천 등 경남 서북부 전체를 관할하는 책임자였다. 그가 체포된 후에는 전종수, 노영호가 차례로 위원장직을 승계했다.

경남도당 5대 간부 중 한 사람으로 체포된 박판수는 손톱, 발톱까지 빼는 혹독한 고문과 폭행 속에 조사를 받은 후 전남 위수사령부 고등군법회의에 넘겨졌다. 그리고 그해 10월 27일 징역 15년을 언도받았다. 죄명은 국방경비법 제32조 위반이었다.

박판수가 사형을 면한 것은 집안에서 많은 돈을 쓴 덕분이었다. 남한 군경과 재판소는 썩을 대로 썩어 있었다. 여순반란의 주역인 지창수조차 집안에서 많은 돈을 들여 사형을 면하게 했고, 훗날 저명한 학자가 되는 박현채 같은 이도 빨치산으로 잡히자 어머니가 금가락지를 한 말이나 만들어 돌린 끝에 석방시킨 일이 있었다. 박판수가 체포되자 누나들은 논을 두 마지기씩이나 내서 아낌없이 구명운동에 썼고 그 덕분에 박판수는 사형을 면하였다.

8.

흩어진 가족

경찰은 박판수가 체포되기 전까지 집안을 온통 들쑤셔놓았다. 형 박봉윤과 누나들은 몇 번이나 경찰서에 끌려가 사람 이하의 취급을 당하며 조사를 받았다. 담당 경찰관이며 우익청년단이 상주하다시피 하면서 온 집안을 쑤시고 다녔다. 그렇지 않아도 보도연맹으로 장손이 죽고 집안의 기둥이던 대종부가 죽어 초상집이었는데 작은아들은 빨치산으로 산에 있고 며느리는 감옥에 있으니 형편이 말이 아니었다.

하태연이 잡히기 전 셋째 고모 집에 맡겼던 딸 현희도 처지가 딱했다. 경찰은 툭하면 고모와 그 식구들을 불러다가 박판수와 내통하고 있지는 않은지 심문하고 협박을 가했다. 남편의 눈치를 보아야 하는 고모는 친정 조카를 더 돌볼 수가 없었다. 그렇다고 큰집에 맡길 수도 없었다. 큰아들을 잃고 상심해 있는 데다 나머지 자식도 다섯이나 되는데 이미 박판수의 아들 준환이까지 얹혀 있으니 현희까지 데리고 있을 처지가 못 되었다.

결국 현희는 사천 외가로 옮겨졌다. 하지만 외가 역시 작은아들 하치양을 산에서 잃고 얼마 전 작은며느리까지 병으로 죽어 줄초상을 당했다. 엄마를 잃은 작은아들의 자식도 줄줄이 딸려 외할머니 강석순은 눈물과 한숨으로 나날을 보내고 있었다. 한때는 큰집에서 외손자 준환이를 데려온 적도 있지만 결국 키우기를 포기하고 돌려보낸 실정이었다. 일단 오갈 데 없는 현희를 데려오기는 했으나 오래 데리고 있을 형편이 못 되었다.

사천 외가로 간 지 얼마 안 되어 박현희는 친할아버지와 함께 경찰서에 호출되었다. 친할아버지 박도원은 경찰서에 가면서 절대 아버지를 본 적이 없다고 대답하라고 신신당부했다. 겨우 일곱 살짜리 여자아이였지만 수많은 죽음과 산 생활을 겪은 박현희는 야무졌다. 경찰관들이 아버지 본 적 없느냐고 물어도 한 번도 못 봤다고 말했다. 산에서도 못 보고 집에서도 못 봤다고 버티니 경찰관들은 과자를 손에 쥐어주며 살살 꼬였다. 그래도 절대 본 적 없다고 딱 잡아떼니 고개를 설레설레 저었다.

"이놈 이거 딱 빨치산 자식 맞구만?"

툭툭 뺨을 툭툭 건드리며 웃고 마는 것이었다. 그리고는 엄지손가락에 인주를 묻혀 진술서에 지문을 찍게 했다. 박현희는 어린 마음에 대장 딸이라서 인주를 찍어준 거라고 생각하고 동네아이들에게 자랑하고 싶어 지우지도 않고 돌아왔다.

진주형무소에 갇힌 하태연은 친정으로 편지할 때마다 현희를 학교에 보내달라고 간청했다. 자신의 부모가 얼마나 어려움에 빠져 있는지 잘 알고 있었지만, 지리산에서 내려온 결정적인 사유도 딸의 입학이었던 그녀로서는 어쩔 수 없는 부탁이었다.

외할머니 강석순은 생각하다 못해 현희를 부산에 있는 먼 친척에게 보내기로 했다. 자신의 사촌 여동생의 아들 집이었다. 조카는 교육청 공무원이고 며느리는 학교 교사인데 갓난아이를 돌볼 아이가 필요했다. 일을 좀 도와주면 학교는 보내주겠거니 믿었고, 설사 학교를 못 보내더라도 며느리가 교사니까 글은 가르쳐주지 않을까 기대했다.

강석순은 부산까지 손녀를 데려와 조카 집에 두고 떠나며 발길을 떼지 못하고 한없이 울었다. 공부 안 해도 좋으니 외할머니 따라 외가에서 살겠다고 발버둥치며 현희가 울어댔으나 끝내 이별할 수밖에 없었다.

외할머니의 생각과는 달리 현희의 고생은 이제 시작이었다. 아줌마는 참 사람이 좋았다. 남의 자식인데도 잘 안아주고 맛

있는 것 챙겨주려고 애쓰는 선량한 여교사였다. 그러나 공무원
인 아제하고는 처음부터 안 맞았다. 타고나기를 활달하고 붙임
성이 좋은 현희가 아제라고 부르며 따르고 심부름도 잘하고 비
위를 맞춰도 소용없었다. 철저한 반공주의자인 그는 툭하면 술
을 마시고 들어와서 소리쳤다.

"야, 이 빨갱이 놈의 새끼야! 저리 비켜!"

이럴 때면 현희도 지지 않고 꼬박꼬박 말대답하여 더 속을 긁
어놓았다.

"우리 아버지는 훌륭한 사람이에요. 우리 아버지 욕하지 마
세요. 우리 아버지 오시면 아제는 혼날 거예요."

"뭐야 이놈아? 이거 정말 말 많은 빨갱이 딸 맞네!"

화가 난 아제는 분을 참지 못하고 아줌마에게 화살을 돌렸다.

"왜 이런 빨갱이 딸에게 잘해주냐? 너도 똑같아!"

아줌마는 남편이 술을 마시고 들어오는 날이면 현희를 숨겨
주기에 바빴다. 아이가 남편에게 혼나고 울고 있을 때면 소고
깃국에 밥을 떠서 먹여주며 달래기도 했다. 참으로 선량하고
너그러운 아줌마였다.

아줌마가 너무 잘해주기는 했지만 어린 나이에 아기 돌보는
일은 쉽지 않았다. 겨우 여덟 살짜리가 갓난아이를 등에 업고
키우려니 허리가 휘는 것처럼 아팠다. 등에는 물집이 잡히다

못해 곪아서 고름이 터져 나왔다. 아줌마는 학교에 출근하니 낮에 아이가 얼마나 힘든지 잘 몰랐다. 밤에는 조금 아물다가도 아침에 아이를 업으면 상처가 다시 터져 바늘로 쿡쿡 찌르는 듯 아팠다. 그래도 너무나 좋은 아줌마에게 도움이 되고 싶어서 눈물을 뚝뚝 흘리며 아이를 업고 다녔다.

이렇게 일 년 넘게 고생하고 있는데 견디다 못한 아줌마가 말을 해주어 외할머니도 이 사실을 알게 되었다. 놀란 강석순은 당장 쫓아와 손녀를 끌어안고 하염없이 울었다. 부산 수산대학교에 다니던 친가의 7촌 아저씨가 이 소식을 듣고는 형님 아이를 그렇게 내버려두면 안 된다며 자신의 집으로 데려갔다. 박판수에게는 6촌 동생이니 멀지 않은 사이였다. 쌀로 막걸리를 만드는 일을 금지하던 시절이라 몰래 쌀막걸리를 만들어 파는 밀주가 성행했는데 그 일을 하는 집이었다.

7촌 아저씨나 그 어머니인 밀주 집 할머니나 사람들이 모두 더없이 좋았다. 교사 아줌마와 마찬가지로, 애초에 선량한 사람이 아니라면 세상이 모두 손가락질하는 빨치산의 딸을 데리고 있지도 않았을 것이다. 부모가 빨갱이라고 구박하거나 데리고 살기 귀찮다고 욕을 하는 일은 전혀 없었다. 특히 7촌 아저씨는 현희를 너무너무 귀여워해주었다.

밀주 집은 바빴다. 밀주를 만들어 여러 식구가 먹고살아야 하니 다들 정신없이 일했다. 어린 현희에게는 아무도 일도 시키지 않았지만, 다들 열심히 일하니 어린 마음에 자신도 무언가 해야 한다는 부담감을 갖지 않을 수 없었다. 타고나기를 부지런한 데다 자기를 사랑하고 아끼는 사람에게 성의를 보여주고 싶은 마음이었다.

현희는 누가 시키지 않아도 새벽이면 일어나 거리로 나갔다. 전날 밤 다른 점포에서 내다 버린 타다 남은 갈탄 덩어리를 줍기 위함이었다. 석탄 한 개도 귀한 시절이라 늦게 나가면 다른 아이들이 다 주워가기 때문에 한겨울 깜깜한 새벽에 나가 어둠속을 헤매고 다녔다. 밤이 되면 종조할머니를 따라 밀주 독이 묻힌 뒷산에 올라가 할머니를 도와주었다. 밤에 몰래 밥을 되게 해서 효모를 섞은 고두밥을 만든 다음 뒷산에 지고 올라가 산속에 깊이 숨겨 파묻은 항아리에 붓고 오는 일이었다. 할머니가 시켜서 한 일이 아니었다. 어린 마음에 스스로 생존법을 터득한 것이다.

할머니와 7촌 아저씨가 아무리 마음으로 잘해줘도 엄마를 그리는 마음은 어쩔 수가 없었다. 현희는 납작한 돌 하나를 부처님이라고 세워놓고 앉아서 엄마를 나오게 해 달라고 빌고 또 빌었다. 아침저녁으로 가짜 돌부처 앞에 무릎 꿇고 앉아 손바닥을 비비며 기도할 때면 엄마, 아버지, 동생에 대한 그리움이 사무쳐 가슴이 찢어질 것만 같았다.

남과 북을 합쳐 3백만 명이 숨져간 3년 전쟁 직후였다. 다들 끔찍하게 어려운 시절이었다. 누구나 힘들게 일하면서도 하루 세 끼 먹고살기가 어려웠다. 종조할머니나 아줌마, 아저씨는 나이도 어린 여자애가 시키지 않아도 새벽같이 일어나 악착같이 석탄을 주워 오고 고두밥 일도 따라다니는 걸 무척이나 대견스러워했다. 맛있는 것이 있으면 누구보다 먼저 챙겨주고 옷도 따뜻하게 해 입혔다.

하지만 현희가 고생을 사서 하면서 잘 보이려 노력한 것은 공부를 하고 싶어서였는데 종조할머니는 공부를 시켜주지 않았다. 돈이 아까워서가 아니었다. 계집애가 공부해서 똑똑해져 봐야 제 부모처럼 빨갱이가 된다고 생각했다. 어른들은 하나를 말해주면 열을 알아듣는 현희를 천재라고 부르며 귀여워했다. 그것이 더 문제였다. 할머니는 현희가 너무 똑똑한 데다 눈매도 제 아버지와 똑같은 게 공부시키면 반드시 빨갱이가 될 거라고 공부의 '공' 자도 꺼내지 못하게 했다.

현희는 열심히 일했으나 같은 나이 다른 아이들은 벌써 국민학교 2~3학년에 다니는데 한글도 모르는 자신이 그렇게 부끄러울 수가 없었다. 이때 그녀를 도와준 이가 할머니의 아들, 바로 7촌 아저씨였다. 7촌 아저씨는 성품이 따뜻하고 지적인 젊은이로, 어머니를 설득해서 현희를 학교에 넣어주려고 여러 번 말다툼까지 했으나 도무지 말이 통하지 않자 현희를 근처 야학에 넣어주었다.

야학은 정식으로 인가받은 학교가 아니고 밤에만 모여서 한글을 배우는 일종의 공민학교였다. 어린애들은 다 학교에 다니므로, 나이는 많지만 공부시기를 놓친 어른들이 수강생이었다. 어린애는 현희 혼자였다. 그래도 공부 욕심에 부끄러운 줄도 모르고 열심히 따라가니 금방 한글은 깨칠 수 있었다. 글을 읽을 수 있게 되니까 얼마나 좋은지 몰랐다.

그러나 종조할머니는 야학에 다니는 것조차 반대했다. 배우면 빨갱이가 된다는 두려움에다가 빨갱이 딸인 게 알려지면 순경이 찾아와 밀주 일도 못하게 할 거라는 우려 때문이었다. 겨우 한글의 기초는 배웠으나 맞춤법이며 문법을 제대로 배우지 못해 제 이름 석 자와 기본 문장밖에 쓸 줄 모르는 상태에서 야학도 때려치우고 말았다.

종조할머니가 밉지는 않았다. 배우지 못하게 하는 것 빼고는 아무 차별 없이 한 식구처럼 따뜻하게 대해주는 종조할머니가 늘 고마웠다. 그래서 더 열심히 일했다. 춥고 어두운 새벽에 일어나 석탄을 줍고, 낮에는 잔심부름을 하다가 밤이 되면 뒷산 술독 일을 하러 따라 나갔다.

한편, 하태연은 감옥생활을 한 지 2년이 넘어서야 처음으로 아들의 얼굴을 볼 수 있었다. 유치장에서 경기가 나도록 우는 녀석을 강제로 떼어 보내고 처음 만나는 것이었다. 큰어머니 손을 잡고 특별면회를 하는데 여섯 살 된 아들은 엄마를 잘 몰라보고 쭈뼛쭈뼛했다.

하태연은 자기도 모르게 아들을 껴안아 무릎에 앉히고는 가슴을 열어 젖을 먹이려 했다. 산에 있을 때 바위틈에 숨으면 아이가 소리를 내지 않도록 젖을 물렸던 습관 때문에 무의식적으로 들이댄 것이다. 깜짝 놀란 것은 준환이었다.

"나 젖 안 먹어요!"

문산성당에서 오랜만에 아버지를 만나고서도 '아버지가 아니라 인민군이구만' 하며 고개를 돌리던 당돌한 아이였다. 엄마가 갑자기 젖을 들이대니 놀라 소리치며 면회실을 뛰쳐나갔다.

하태연은 아이들이 못내 걱정되어 잠을 이룰 수가 없었다. 현희는 그래도 똑똑하고 야무져 조금 덜하였지만 아무것도 모르는 어린 아들을 생각하면 가슴이 찢어지는 것 같았다. 생각 끝에 김영순에게 부탁하면 아이들이 어떻게 사는지 알 수도 있고 뒷바라지도 할 수 있지 않을까 싶었다. 동산리 시댁에 살던 김영순은 하태연과 함께 여성동맹 일을 한 것 때문에 고초를 겪고 진주에 있는 어머니 집으로 들어가 있었다. 주소도 알 수 없었다. 성이 양씨인 형무소 간수에게 연락을 부탁하기로 했다.

박판수는 이 무렵 청주형무소로 이송되어 있었다. 양 간수는 서신검열과에 있었는데, 박판수와 하태연 사이에 오가는 편지를 검열하였다. 그는 두 사람이 주고받는 편지를 읽어보면서 개인적으로 깊이 감동을 받아 평소 하태연에게 친절하게 대했다. 두 사람의 깊은 학식과 인품, 조국에 대한 뜨거운 애정에 감동한 것이다. 하태연이 집에서 보낸 약이며 음식을 받을 수 있었던 것도 양 간수의 덕이었다.

어느 날, 김영순이 진주의 어머니 집에 있는데 형무소 간수복을 입은 사람이 자전거도 없이 터벅터벅 걸어 찾아왔다. 양 간수였다. 그는 김영순임을 확인하고는 하태연을 아느냐고 물었다. 깜짝 놀란 김영순은 겁에 질려 말도 못하고 고개만 끄덕였다. 양 간수는 하태연 씨가 면회를 와 달라고 부탁한다는 말을 전했다.

그러나 김영순은 면회를 갈 수가 없었다. 너무 무서웠다. 박판수 내외가 입산한 후 몇 번이나 경찰서에 불려가 그들과 무슨 일을 했느냐고 심문을 받은 적이 있었다. 그녀를 가르쳤던 교사의 도움으로 경찰이 심하게 강압하지는 않았고, 아이를 돌봐준 일밖에 없다고 진술해 구속은 면할 수 있었으나 다시는 생각하고 싶지도 않았다. 하태연에게 면회를 가면 경찰 기록에 올라 또다시 끌려가 조사를 받을지도 모른다고 생각하니 겁이 나서 도저히 갈 수가 없었다.

양 간수는 그 뒤로 한 번 더 찾아왔다. 그는 죄수도 다 같은 죄수가 아니라며, 박판수 내외는 참 대단한 부부라고 칭찬했다. 박판수가 하태연에게 보낸 편지 한 구절을 들려주기도 했다. '환경의 지배를 받지 말고 환경의 지배자가 되라.' 라는 글귀였다. 참 훌륭한 사람들인데 시대를 잘못 만나 저 고생을 한다면서 양 간수는 김영순에게 면회 가기를 권하고 돌아갔다.

끝내 김영순은 면회를 가지 못했다. 얼마 후 결혼했는데 남편이 공산당을 극도로 미워하는 사람이라 면회는 더욱 꿈도 꿀 수 없었다. 그녀는 평생을 두고 하태연의 애타는 호소를 들어주지 못하고 면회를 가지 않은 생각만 하면 죄스러웠다. 하지만 김영순뿐만 아니라 좌익수에게는 누구도 함부로 면회를 가지 못하던 시절이었다. 면회 가는 것 자체를 반역으로 간주하여 경찰의 감시 대상에 오르니 어쩔 수 없었다.

이 무렵 시아버지 박도원으로부터 온 편지는 하태연의 가슴을 더욱 아프게 했다. 감정을 드러내지 않도록 엄격히 훈련받은 유학자였지만 박도원은 감옥의 며느리에게 보낸 편지에서 애끓는 심정을 감추지 않았다. 아끼던 장손을 잃은 데다 둘째 아들과 며느리를 차가운 감방에 보낸 한을 '하늘도 무심하고 땅도 무심하고 산천초목이 다 무심하다.' 라고 표현하면서 구구절절 탄식했다. 그리고 손자 준환이가 많이 아파서 온몸에 부스럼이 났다고 알리며 네 자식을 위해서라도 빨리 나오기를 바란다고 썼다.

화선지에 붓으로 쓴 편지였다. 그런데 글씨가 번진 자국이 있었다. 노인이 울면서 편지를 쓴 것이다. 눈물로 얼룩진 시아버지의 편지 위에 하태연의 눈물이 떨어졌다. 어린 아들에 대한 그리움과 함께 비통해하는 시아버지의 마음에 더욱 가슴이 아팠다. 하태연은 준환이만 생각하면 피가 다 마르는 것 같았다.

9.

끝나지 않은 전쟁

1953년 7월 27일, 이북과 미국 사이에 휴전협정이 발효되면서 중부전선의 포성은 멈추었다. 지리산 일대의 빨치산 투쟁은 이후에도 한동안 계속되었으나 빠르게 소멸하여갔다.

끝내 통일을 이루지 못한 채 또다시 분단을 맞이한 남과 북은 한민족 5천년 역사 그 어느 시대에도 존재하지 않았던 무서운 증오심의 포로가 되어 있었다. 세계사적으로도 유례가 드문 동족 간의 처참한 학살극은 당사자들이 죽지 않는 한 영원히 해소될 수 없는 깊은 상처로 남았다. 가혹한 식민통치에 시달리던 일제강점기에서 벗어난 지 10년도 안 되어 남과 북 주민은 뼈저린 증오심과 불신으로 서로를 죽여야만 하는 대립관계가 되었고, 세월이 가도 그 골은 깊어만 갔다.

박판수는 휴전이 성립될 무렵 청주형무소에서 대전형무소로 이감되었다. 대전형무소에는 상당히 많은 정치범이 수용되어 있었다. 스스로는 정치범이라 하였으나 형무소 측은 사상범 혹은 빨갱이라고 불렀다. 빨치산 투쟁을 하거나 인공을 위해 부역한 이들은 사회적으로는 물론 형무소 안에서도 완전히 격리되어 있었다. 간수는 물론이요 일반 재소자도 이들을 가까이하려 하지 않았다. 개중에는 이들을 존경하는 사람도 있었으나 보통의 간수와 재소자는 이들과 대화를 나누는 것조차 꺼렸다.

정치범이든 일반사범이든 재소자에 대한 처우가 형편없던 시절이었다. 대전형무소에서는 재소자의 식사와 생활을 관리하는 계호과장이란 자가 부식을 빼돌려 자기 집에서 돼지와 닭을 키웠다. 쌀이 귀한 시절이라 다른 간수도 온갖 방법으로 빼돌려 재소자에게는 형편없는 음식을 제공했다.

이는 전쟁 직후의 가난과 혼란에도 원인이 있었으나 근본적으로 이승만 정권 자체가 부패하고 무능한 데 기인하였다. '뭉치면 살고 흩어지면 죽는다.' 는 구호를 내세워 돈 많은 친일매국노와 손잡고 정부를 세운 이승만은 경제발전이나 민주주의는 소홀히 하고 권력유지에만 신경을 썼다. 6·25전쟁이 나기 전에는 사흘이면 평양까지 점령할 수 있다고 큰소리치며 북진

통일을 선동하더니 막상 인민군이 밀고 내려오자 한강다리를 폭파하고 도망친, 뻔뻔하고 무능력한 지도자였다. 이런 대통령 밑에서 일하는 공무원들이 부패하고 무능한 것은 당연했다.

몸은 비록 갇혀 있었으나 정치범들은 이승만과의 투쟁을 멈추지 않았다. 감옥에서 그들이 할 수 있는 일은 모두 다 하려고 애썼다. 가장 가깝고 손쉬운 일이 재소자의 처우개선을 위해 싸우는 일이었다. 지켜지지 않고 있는 재소자 처우에 대한 법률을 지키도록 요구하며 온갖 폭력을 무릅쓰고 앞장서서 싸웠다. 그러다 보면 일반수도 자연히 좌익수에 대한 인식을 바꿔갔다. 다른 형무소에서도 마찬가지였다. 정치범이 앞장서지 않으면 일반사범은 감히 형무소 측에 항의할 엄두를 내지 못했다. 박판수를 포함한 정치범들은 집단행동이나 단식으로 수도 없이 소내투쟁을 벌였다.

수감된 좌익수를 사상적으로 단련시키는 것도 감옥에서 할 수 있는 일이었다. 좌익활동으로 구속되었다고 해서 모두가 노동당원도 아니거니와 사상에 철저하지도 않았다. 형무소마다 사정이 다르기는 했지만 대부분의 감옥에서 조직 활동과 학습이 이루어졌다. 국내외 정세를 교환하고 사상학습을 통해 이탈을 막는 것이 기본적인 목표였다.

대전형무소의 경우는 더 조직적이고 체계적으로 이루어졌

다. 대전형무소의 정치범 중 몇몇 사람이 조선노동당 특수세포를 조직하기로 결의한 것은 휴전협상이 끝나고 반년쯤 지난 후였다. 이들은 서로 정보를 교환하고 사상학습을 강화해 이승만 정부의 전향공작에 맞서는 것을 일차적인 목표로 두었으나 궁극적으로는 폭동을 일으켜 전원 탈옥하는 것이 목적이었다. 이들에게 전쟁은 아직 끝난 것이 아니었다.

극도의 보안이 필요한 데다 서로 만나 이야기하기가 어려운 상황에서 조직 작업은 느리게 진행될 수밖에 없었다. 1954년 1월 초순경 형무소 제2사동에서 시작된 조직은 한 명씩 늘어나 7월까지 박판수 등 십여 명이 가담했다. 이들은 7월 초순 대전 형무소 안 제4공장에서 대전형무소 특수지도부, 별칭 리드부를 결성하고 직책과 부서를 정했다. 박판수는 지도위원이 되어 제4공장을 책임졌다.

이때부터 탈옥시기를 포착하기 위하여 국내외 정치정세에 관한 정보를 교환하는 한편, 각 감방에 수용된 사상범들에게 노동당 강령, 모택동의 자유주의 배격 11훈 및 당 생활준칙 등을 퍼뜨려 투쟁의지를 다졌다. 또한, 이북에서 송출되는 방송을 청취할 목적으로 단파라디오 수신기를 구입하기 위해 8천 환을 갹출했다. 이 돈으로 형무소 화부로 일하는 일반수를 매수해 그의 아버지에게 라디오를 사서 들여보내도록 하였다.

그런데 이 과정에서 초기 지도부가 제대로 조직원을 이끌지 못했을 뿐만 아니라 주도권 다툼까지 벌어지면서 총지도책이 스스로 사퇴하고 말았다. 이에 조직원들은 박판수를 두 명의 총지도책 중 한 명으로 선출했다. 10월 초순의 일이었다.

충청도 출신의 정치범과 함께 노동당 대전형무소 총책이 된 박판수는 우선 7개 공장과 외역책, 영성책으로 이루어져 있던 조직 구조를 3개 블럭으로 개편했다. 그리고 자신은 총책 겸 제3블럭의 책임자가 되었다. 제3블럭은 제4공장, 제7공장, 외역책, 영성책 등을 통괄하는 부서였다.

조직을 정비한 박판수는 권범채 등과 모의해 극비리에 봉기 계획을 세우고 조직원들에게 이를 위한 도구를 제작하거나 수집할 것을 지시했다. 형무소 내 철공소 등지에서 만들거나 몰래 빼낸 도구는 톱날 2개, 감방 열쇠 3개, 출입구 열쇠 4개, 단도 3개 등이었다.

이때 경찰 기록에는 99식 소총과 엠원 소총 한 자루씩을 확보했다고 되어 있고, 경찰이 이를 다른 정치범에게 보여주기도 했다. 그러나 다른 증거품과는 달리 총기 구입 경로에 대해서는 일체 기록이 남아 있지 않다. 더구나 사건 당사자들이 모두 사망해 진짜 총기를 구입한 것인지, 아니면 경찰이 사건조작을 위해 끼워 넣은 것인지는 확인하지 못했다.

봉기 일자는 1955년 1월 하순으로 정했다. 그런데 거사는 엉뚱한 일로 발각되고 말았다. 정치범들이 한 방에서 학습을 하는데 한 사람이 다른 사람에게 태도가 불량하다며 목침을 던졌고 화가 난 사람이 간수를 부르는 패통을 쳐서 계호과에 불려가 탈출계획을 밀고해버린 것이다. 나중에 어떤 책에는 '몸집이 우람한 박판수라는 사람'이 목침을 던져 밀고가 일어났다고 실리기도 했는데 이는 다른 사람을 오인한 것이다. 박판수는 키 167센티미터에 몸무게가 53킬로그램에 불과한 깡마른 체격이었다. 박판수의 방이 아니라 다른 방에서 터진 사건인데 엉뚱하게 기록한 것으로 보인다.

형무소에서 집단탈출 기도는 최고의 비상사태였다. 1,700여 명 수감자 전원에 대한 대대적인 수사가 시작되었다. 특히 선별된 200여 명의 정치범은 독방에 따로 분리 수감되어 혹독한 조사를 받아야 했다.

간수와 경찰들은 우선 2백여 정치범의 이불과 모포, 내복 등 모든 의류를 몰수해 영하 10도가 넘는 혹한에 푸른 죄수복 한 장만 입히고 온종일 독방에서 추위에 떨게 만들었다. 또한 20여 일 동안 잠을 재우지 않고 극심한 고문과 구타를 가했다. 나무 몽둥이로 의식을 잃을 정도로 두들겨 패고 독한 연기를 코에 피워 피를 토하게 만들었다. 머리가 몇 센티미터씩 찢어지고 찬 바닥에서 추위에 시달리다 하반신 불구가 된 사람도 있었다. 따귀를 맞아 고막이 터지거나 얼굴이며 온몸에 상처를 입는 일은 예사였다.

이백 명을 한꺼번에 고문할 수는 없어 차례로 고문을 하는데 남은 사람은 방 가운데 앉히고 움직이지도 졸지도 못하게 감시했다. 잠깐이라도 졸았다가는 감옥 문이 열리고 간수들이 우르르 쏟아져 들어와 몽둥이세례를 퍼부었다. 박판수도 세 차례나 모질게 두들겨 맞았다.

등 뒤로 수갑을 채운 채 풀어주지 않아 던져준 밥을 개밥 먹듯 입으로 주워 먹고, 옷을 벗지 못해 대소변을 그대로 싸기도 했다. 너무 추워 바닥에 깔린 가마니를 허리에 둘렀다가 발각되어 명령 위반이라고 머리를 식구통에 내놓고 구둣발로 10차례나 걷어 채인 사람도 있었다. 밤낮없이 계속되는 참혹한 고문에 이 방 저 방에서 터져 나오는 단말마의 비명은 지옥을 연상케 했다.

간수와 경찰들은 온갖 협박과 회유를 가했다.

"너희들 때려죽여도 병사했다는 보고서 한 장이면 그만이다."

"매 맞아 죽지 말고 안 했어도 했다고 해라."

"공모한 사실이 없어도 있다고 하고 징벌받고 말아라. 왜 맞아 죽으려 하느냐?"

"죄수를 또 징역 줄 이유가 없으니 사실이 없어도 있다고 해라."

연일 계속되는 혹독한 고문은 몇 사람이나 죽음으로 몰아넣었다. 고문을 견디지 못한 서장원은 소독약을 먹고 자살해버렸으며 여러 명의 죄수가 고문 후유증으로 사망했다. 강우형은 정신착란을 일으키기도 했다.

최고책임자인 박판수에 대한 고문은 그중에서도 최악이었다. 그는 형무소, 경찰, 검찰, 군보안대 등 네 곳에 교대로 불려나가 고문이란 고문은 다 당해야 했다. 5일간 전혀 먹지 못한 채 잠 한 숨 못 자고 매를 맞기도 했다.

하지만 박판수는 자기 입으로는 한마디도 불지 않았다. 또 다른 총책인 충청도 출신은 처음부터 포기하고 경찰이 시키는 대로 진술해 걸상에 편안히 앉아 조사를 받았지만, 박판수는 고문으로 생명이 오락가락하도록 고초를 겪는데도 부인으로 일관했다. 오죽하면 간수들조차 '559번은 정말 명이 질기다.' '사람같이 모진 것 없다.'고 말할 정도였다.

박판수는 온종일 끔찍한 고문을 당하고 밤이면 뒤로 수갑을 찬 채 감방에 돌아오는데 자기 입으로는 한마디도 불지 않았다는 데 자긍심을 느껴 소리쳐 만세를 부르기도 했다. 나중에는

간수부장까지 박판수는 대쪽이요, 충청도는 물러서 못쓴다고
말하기도 했다.

박판수뿐만 아니라 여러 사람이 범행 사실을 부인해 혹독한
고문을 당했으나 결국 사건의 전모는 속속들이 드러났다. 검찰
은 19명이 탈옥을 시도한 것으로 결론짓고, 전원 국가보안법
위반으로 3년부터 무기징역까지 추가 구형했다. 박판수는 15
년을 구형받았다.

최종심은 박판수에게 19명 중 최고형인 5년을 언도했다. 공
범 중 최고형이었다. 법원은 다른 5명에게는 징역 3년에서 10
월을 언도하고 나머지는 추가 형량 없이 사건을 종결지었다.
박판수의 형량은 애초의 15년에서 20년으로 늘어났다.

대전교도소가 발칵 뒤집힌 시간에도 진주형무소의 하태연은
남편에게 일어난 사건에 대해 전혀 모른 채 8년의 수감생활을
보내고 있었다.

진주형무소에는 여자 죄수가 50명가량 수감되어 있었다. 대
부분 잡범이었다. 사상범이라도 중요인물은 없고 가족이 보도
연맹에 죽자 분을 못 이겨 인민군에 협조했거나 이남 정부를
못마땅하게 여겨 비판 한마디 했다가 체포된 시골 여인네들이
었다. 고등학교 나온 처녀도 들어왔는데 많이 살아야 2~3년
만에 나가고 나니 보통학교밖에 나오지 않은 그녀가 제일 유식

한 축에 속했다. 일반수, 사상범 할 것 없이 한글도 제대로 아는 이가 몇 안 되었다. 호랑이 없는 골짜기에 토끼가 선생 노릇 한 다고, 하태연은 이들에게 한글과 구구단을 가르치며 시간을 보 냈다.

진주형무소 생활 6년째이던 1956년, 뜻밖에 서대문형무소로 이감을 가게 되었다. 전혀 연고도 없는 서울로 이감된 것은 이 무렵 시작된 사상전향 공작 때문이었다. 자신들과 싸우다가 옥 에 갇힌 사람에게 반성문을 요구하고 자기 사상을 배신할 것을 강요하는 것은 독재정권만이 할 수 있는 비인도적인 행위였다. 그러나 이승만 정권은 '인도주의'라는 이름으로 사상전향을 강제하기 시작하였다.

서대문형무소에 이송되었을 때 하태연의 나이는 31살, 성숙 한 아름다움으로 한창 빛날 때였다. 서대문에 수감되어 있던 여성정치범들은 눈부시게 아름다운 그녀가 입감하자 웬 진주 기생이 들어왔느냐고 놀렸다. 경남 북부지구당 위원장의 아내 이자 진성면 여맹위원장이라는 사실이 알려지고도 한동안 진 주기생이라는 별명으로 불렸을 정도였다. 동료들은 아름다우 면서도 근엄한 표정에 묘한 미소가 매력적인 그녀에게 모나리 자라는 별명을 붙여주었다.

이송되고 보름쯤 지나니 전향 심사가 시작되었다. 서대문형무소뿐 아니라 전국 형무소마다 장기수를 모아놓고 사상전향을 강요하기 시작하였다. 전향을 한다 해서 형량을 줄여주는 것도 아니면서 전향을 거부하는 이들은 따로 분리 수용해 혹독한 감옥살이를 시켰다.

하태연은 완강히 전향을 거부했다. 민족해방과 자주통일을 위해 투쟁한 것이 왜 잘못이냐고 항의했다. 민족통일과 민주주의가 대한민국의 국시라면서 그걸 위해 싸운 사람에게 전향하라는 것은 모순 아니냐고 따졌다. 법무부는 그녀를 비전향 장기수로 구분했다.

서대문형무소 내의 여성 정치범 중 전향 거부자는 그녀를 포함해 30여 명 정도였다. 형무소 측은 이들을 전향자와 분리해 본래 남자 죄수 사동인 3사에 방 두 개를 비워 몰아넣었다. 이들을 비롯해 전향하지 않은 장기수는 이때부터 비전향 장기수로 불리게 된다.

서대문형무소 여성 정치범들의 의식 수준은 진주형무소와는 판이했다. 대부분 일제강점기에 고등보통학교나 전문대학을 나와 항일운동부터 시작한 애국지사였다. 젊은 처녀도 몇 있었지만 하나같이 고급 지식인들이었다. 호랑이 없는 진주 골짜기에서 토끼가 선생 노릇을 하다가 진짜 호랑이들을 만난 셈이었다.

여성 비전향 장기수들은 사상적으로나 생활에 있어서나 철두철미했다. 매일 아침 일어나 세수를 하고 나면 다 같이 둘러앉아 시 한 수를 외우고 하루를 시작했다.

"천 년 가물어도 물 마를 줄 모르는 천지폭포수의 절개와 더불어 나는 살아가리다. 기다려 살아가리다."

암송이 끝난 후에는 머리를 맞대고 앉아 사회과학 공부를 했다. 사회과학 서적은 반입이 되지 않았지만 사람들 머릿속에 그 내용이 다 저장되어 있었다. '공산당선언'을 처음부터 끝까지 외우는 여성도 있었다.

서내문형무소에서 보낸 2년은 하태연에게 두고두고 의미 있는 시간이었다. 그녀는 서대문 시절이 평생 누리지 못할 행운의 시간이었다고 말하곤 했다. 밖에서 아무 일도 못 하고 들어와 징역을 사는 게 부끄럽기도 하고 미안하기도 하여 더 열심히 공부하고 토론했다. 진주형무소에서 보낸 시간이 아까울 지경이었다.

꿈같은 일도 일어났다. 어느 날, 여간수가 감방 문 앞으로 오더니 박판수 씨가 누구냐고 묻는 것이었다. 남편이라고 대답하니 면회를 시켜준다고 나오라고 했다. 꿈인가 생시인가 싶었다. 두근거리는 가슴을 안고 따라가 보니 계호과 사무실이었다. 정말 남편이 있었다. 몸은 전보다 말랐으나 눈빛만큼은 여전히 매섭게 반짝거렸다. 얼마나 반가운지 몰랐다. 주위 시선을 의식하면서 손을 내밀어 악수했다.

박판수가 서대문형무소로 이감된 것은 대전형무소 탈옥사건의 재심 재판을 받기 위해서였다. 자세한 이야기를 나눌 상황이 아니었음에도 하태연은 대전에서 무언가 큰 사건이 터졌다는 걸 직감할 수 있었다. 그 와중에도 남편이 무사히 살아 씩씩한 얼굴로 환히 웃으며 자기를 반겨주니 헤어졌던 사랑을 다시 만난 기쁨으로 가슴이 터질 것 같았다.

박판수는 서대문형무소에 있는 동안 항소재판이 끝나 추가 5년 형이 확정되었다. 그리고 하태연은 그해 겨울 비전향으로 출소했다. 체포 8년 만인 1958년 12월 4일이었다.

10.

가
족

부모가 감옥살이를 하는 동안 두 아이 역시 힘겹게 살아가고 있었다. 부모는 그래도 동지와 함께였지만 오누이는 서로 만나지도 못한 채 외로운 남의 집 생활을 하고 있었다. 어른들이 아무리 잘해준다 해도 몸은 힘들고 마음은 항상 한겨울 들판에 서 있는 것처럼 춥고 외로웠다.

현희는 어머니가 감옥에서 나오기 두 해 전쯤 종조할머니 집을 나와 동산리 할아버지 집에 들어가 있었다. 이 무렵 큰아버지 식구들은 부산으로 이사 가고 고향 집에는 할아버지와 어린 동생 준환, 그리고 사촌 언니만 살고 있어 함께 살도록 보낸 것이었다.

시골집에서 초등학교 2학년에 다니고 있던 준환은 누나가 나타나자 너무 좋아서 심장이 터질 것만 같았다. 준환은 겨우 말을 배울 무렵부터 식구들과 헤어져 동산리 집에 살면서 외로움에 병이 들어 있었다. 큰집 식구 중에는 사촌 형 박인환이 남달리 잘해주었을 뿐, 다른 식구들은 신경을 써주지 못했다. 타고나기를 약한 데다 어려서 귀하게 자라 입맛이 까다로운 준환에게 맞춰 맛있는 밥을 해 먹일 사람도 없었다. 몸은 갈수록 더 약해지고 마음의 병으로 말수까지 줄어버렸다. 할아버지가 아무리 따뜻하게 대해주고 외지에서 학교에 다니던 사촌 형이 가끔 집에 올 때마다 팽이도 만들어수고 한글도 가르치며 다정하게 대해도 부모와 떨어진 아이의 외로움을 달랠 수는 없었다.

준환은 할아버지나 사촌 형 외의 사람들과는 거의 말을 하지 않고, 학교도 잘 가지 않았다. 혼자서 논두렁에 숨어 뱀이나 개구리를 잡으러 다니며 마음의 문을 닫고 살았다. 이유는 알 수 없었지만 이상하게 뱀 잡기를 좋아해 사람들이 뱀을 보면 준환이를 부를 정도였다. 그러던 차에 누나가 찾아온 것이다.

현희는 약해질 대로 약해진 채 거의 벙어리처럼 말문을 닫고 살아온 동생을 보니 어린 마음에도 가슴이 찢어지는 것처럼 아팠다. 너무나 안쓰러워 더러운 몸을 씻겨주고 안아주고 재미있는 말을 해 웃기려 애를 썼지만 마음속에는 피멍이 들어버렸다. 원인이 무엇이든 간에 그 귀엽던 동생이 이 꼴이 된 데 대한 원망이 마음에 큰 상처가 되어버렸다.

늙고 병든 할아버지는 헤어졌던 손녀가 오니 반갑고도 안타까운 마음에 눈물을 흘렸다. 외로움에 병든 손자 준환에게 유난히 애착을 갖고 돌봐주던 할아버지는 어디선가 외롭고 힘들게 살아갈 손녀 현희를 항상 걱정하고 있었다. 그러나 이제는 그 자신이 늙고 병들어 손자들의 보조를 받아야 할 형편이었다.

현희는 남의 집을 떠돌며 어렵게 살았어도 천성이 밝고 명랑해 조용하기만 했던 시골집은 금방 활기가 넘쳤다. 하지만 겉으로는 활달해 보여도 마음속에는 동생에 대한 안타까움과 부모님에 대한 그리움으로 늘 눈물을 흘리고 있었다.

쌀이 귀하던 시절이라 밥을 할 때면 조선 솥에 꽁보리밥을 하면서 한쪽에만 쌀을 약간 넣어 할아버지께만 퍼 드렸다. 밥을 도맡아 하던 현희는 밥이 익을 때면 솥뚜껑 여는 소리가 나지 않도록 행주를 솥 가장자리에 받쳐놓고 몰래 솥뚜껑을 열어 뜨거운 쌀밥을 표시 나지 않게 모아 주먹밥을 만들었다. 그리고 준환이를 불러 뒤란 대나무밭으로 데리고 가 먹으라고 주곤 했다. 철없는 준환은 생전 먹어보지 못하던 쌀밥을 먹는 게 좋아 그걸 들고 마당에 내려가 식구들에게 자랑하려 했다. 현희는 야단을 쳐서 못 내려가게 하고 그 자리에서 다 먹는 걸 지켜보

왔다.

동생을 데리고 동네 친척들 집에 놀러 가면 고구마나 감자를 쪄서 하나씩 나눠주는데 현희는 동생한테 자기 몫까지 다 먹이고 싶었다. 그 자리에서 주면 어른들 눈치가 보이니 먹는 시늉만 하고 몰래 주머니에 넣어두었다가 돌아오는 길에 꺼내 먹였다. 깜깜한 산길도 동생하고만 있으면 무섭지 않았다.

어느 날은 동네 여자아이들과 밭두렁에서 쑥을 캐는데 누가 와서 준환이가 옛 하인 집 할머니에게 매를 맞았다고 알려주었다. 쑥 캐던 칼을 그대로 들고 하인 집으로 달려갔다. 얼마나 빨리 뛰었는지 모른다. 그 집에 들어가자마자 가쁜 숨을 몰아쉬며 왜 내 동생 때리느냐고 마구 달려들었다. 종도 하인도 사라진 지 오래였지만, 하인에게는 어른 아이 할 것 없이 반말을 써도 된다고 생각하던 시절이었다. 이유는 알 필요도 없었다. 감히 하인이 주인을 때렸다고 대드니까 옛날 하인이던 할머니는 잔뜩 화가 나서 야단쳤다.

"네 아버지도 사각모를 쓰고 와서 내게 어른 대접했는데 어린 것이 이렇게 대들다니 네 아버지 욕 먹이는 짓이다."

현희는 아버지가 일본유학 시절 집에 돌아오는 길에 하인 집에 먼저 들러 인사를 했다는 사실을 그제야 알게 되었다. 어린 마음에도 아버지 욕을 먹인다는 말에 갑자기 무안해져 머쓱하게 돌아오고 말았다.

그런데 하인 할머니는 할아버지에게 쫓아와 손녀가 칼을 들고 왔다고 고자질했다. 쑥 캐던 칼이라 들고 갔을 뿐인데 마치 찌르려고 들고 간 것처럼 오해하니 여간 속상하지 않았다. 손녀의 마음을 아는 듯 할아버지는 크게 야단치지 않았다.

얼마 후 할아버지는 완전히 쇠약해져 거동을 못하게 되었다. 사촌 언니와 현희가 돌봐 드리는 데도 한계가 있었다. 밥을 먹여 드리는 일은 그런대로 할 만했는데 추운 겨울 얼음을 깨고 배설물이 묻은 핫바지를 빠는 일은 너무 힘들었다. 역겨운 냄새에 구역질을 참아가며 찬물에 기저귀를 헹구다 보면 손가락은 새빨갛다 못해 까맣게 얼어 대바늘이 콱콱 찌르는 느낌이었다. 손등은 다 갈라지고 터져서 논바닥처럼 새까만 핏덩이가 되었다. 얼마나 서럽고 괴로웠는지 모른다. 고아 아닌 고아가 되어 산속 외딴집에서 비참하게 살아가는 동생과 자신의 처지를 생각하며 울기도 많이 울었다.

할아버지 병세가 심각해지자 부산 큰어머니가 돌아와 할아버지 수발을 들었으나 결국 할아버지는 돌아가시고 말았다. 장례를 치른 후 준환이는 부산의 큰아버지 댁으로, 현희는 다시 종조할머니 집으로 돌아가야 했다.

다시 동생과 헤어지는 것이 그렇게 서러울 수가 없었다. 헤어지던 날 큰어머니를 붙잡고 몇 번이나 말하고 또 말했다.

"큰엄마, 우리 준환이 잘 돌봐주세요. 제가 크면 좋은 양단 치마저고리 꼭 해 드릴게요. 우리 준환이 잘 봐주세요."

눈물이 앞을 가리고 울음으로 말이 나오지 않는데도 큰어머니에게 몇 번이고 양단 옷을 해 드릴 테니 동생을 잘 보살펴 달라고 다짐을 받았다.

하태연이 서대문형무소에서 석방된 것은 두 아이가 다시 헤어진 지 일 년이 안 되었을 무렵이었다. 만 8년 만에 나온 세상이었지만 눈에 들어오는 것은 오로지 두 아이뿐이었다. 곧바로 부산 큰집에 내려가 아들부터 찾았다.

농촌에서 부자로 살던 양반 출신이 도시로 나오면 지물포를 하는 경우가 많았다. 구멍가게나 식당처럼 부산을 떨지 않고 점방에 들어앉아 점잖게 한지를 파는 일이 양반 출신에게는 격에 맞는다고 생각했기 때문이다. 박봉윤도 빨갱이 집안이라고 감시를 받느니 논밭을 팔아 부산에서 지물포를 하기로 했다. 그런데 전 재산을 싣고 부산으로 가던 중 트럭을 도둑맞고 말았다. 도중에 트럭을 세워두고 식당에서 밥을 먹고 나오니 운전사가 트럭을 몰고 달아나버린 것이다. 트럭에는 소중한 세간뿐만 아니라 전답을 판 돈까지 실려 있었다. 남의 눈에 띄지 않게 된장 항아리 깊숙이 돈을 묻어두었는데, 트럭을 훔쳐가면서 그것까지 몽땅 가져가버린 것이다.

졸지에 알거지가 된 큰집 식구들은 지물포도 못하고 집 한 채 살 수 없는 신세가 되어버렸다. 어떻게 남은 재산을 다 팔아 어렵사리 지물포를 차리기는 했으나 돈벌이가 시원치 않아 하루 하루 연명하기도 힘들었다.

자연히 큰집 아이들은 물론이고 준환이의 몰골도 엉망일 수밖에 없었다. 하태연이 석방되자마자 찾아가 보니 준환이는 엄동설한에 내복은커녕 팬티조차 없이 짤막한 홑바지를 입고 덜덜 떨면서 학교에서 돌아오고 있었다. 꽁꽁 언 자식을 부둥켜안고 하염없이 울었다. 동서를 탓할 처지도 아니었다. 큰아들을 잃은 고통 속에서도 8년이나 준환이를 돌봐준 것만으로 미안할 따름이었다.

엄격한 선비였던 시숙 박봉윤은 감옥에서 나온 제수를 따로 살게 만들어주기는 해야겠는데 자기 식구도 건사하기 어려운 형편이니 근심이 태산 같았다. 박봉윤은 하태연을 자갈치 시장으로 데려가 무엇을 할 수 있겠는가 물었다. 전국에서 제일 크고 시끄러운 어물시장이었다. 오랫동안 감옥살이를 하다가 시끄러운 시장사람들 한복판에 서 있으려니 어리둥절하기만 했다. 생존경쟁으로 치열한 상인들 틈바구니에 끼어들 엄두가 나지 않았다. 시장 외곽에서 풀빵장사를 하는 사람이 눈에 들어왔다. 풀빵 굽는 빵 틀을 하나 사주면 장사를 해보겠다고 했다.

친정에서 빵 틀 손수레에 사글셋방을 얻어주었다. 말이 대도시지, 전기도 제대로 들어오지 않던 시절이었다. 낮에도 등잔불을 켜야 하는 어두침침한 방이었다. 박봉윤은 먹을 쌀을 사다 주었다.

동산리 집에 내려가 보니 폐가처럼 버려져 있는데 시집올 때 혼수로 해 온 장미목 삼층장이 먼지를 뒤집어쓰고 있었다. 큰집이 이사를 하면서 그래도 동생 살림이라고 놔두고 가는 바람에 도둑은 맞지 않은 것이다. 부산에 가져온다 해도 삼층장이 들어갈 공간이 못 되었다. 마침 동네 사람 중에 생선 장사를 해서 돈을 번 사람이 사겠다고 해 싸게 팔았다. 돌아가신 아버지와 친정오빠가 마련해준 정성 어린 삼층장을 남에게 넘기는 마음이 얼마나 아픈지 몰랐다. 언젠가 돈을 벌면 꼭 되찾으리라 결심했다.

시숙 박봉윤은 자리를 잡을 때까지 아이들은 그냥 맡겨두라고 했으나 굶더라도 함께 굶겠노라고 마음을 먹고 방을 얻자마자 종조할머니 집에 가서 현희를 찾아오고 큰집에서 준환이도 데려왔다.

바닷바람 모진 자갈치 바닥에서 생전 해보지 않은 풀빵 장사를 하려니 모든 게 서툴렀다. 부엌일을 해보지 않은 그녀에게 음식을 만들어 파는 일은 아무래도 무리였다. 아무리 노력을 해도 풀빵이 빵 틀에 달라붙어 떡처럼 뭉개질 뿐 보기 좋게 나오지 않았다. 첫날도 둘째 날도 풀빵 한 개 팔아보지 못한 채 아까운 밀가루반죽만 버려야 했다.

풀빵 기계를 끌고 한 달을 자갈치시장에 나가봤지만 거의 팔지 못했다. 그래도 밤늦게 돌아와 두 아이를 안고 누워 있노라면 아련한 행복이 밀려왔다. 온몸이 으스러지는 한이 있어도 절대 아이들을 놓치지 않고 남편이 나올 때까지 꿋꿋이 살아가겠노라 결심하고 또 결심했다.

우선 현희를 학교에 넣는 일이 급했다. 열두 살이면 남들은 초등학교를 졸업할 나이인데 학교 문전에도 가보지 못한 현희는 한글 맞춤법도 제대로 몰랐다. 다 큰 아이를 1학년에 집어넣을 수는 없어서 선생을 하는 친척에게 부탁했더니 3학년까지 이수한 걸로 서류를 만들어주었다.

어린 나이에 온갖 고초를 다 겪은 현희는 학교생활에도 금방 적응했다. 한글 맞춤법도 다 틀리고 산수도 거의 몰랐으나 머리가 좋아서 단답형 문제는 눈치껏 잘 맞췄다. 학교에서 아침마다 단체로 국민체조를 하던 시절이었는데 학교에 다닌 적이 없으니 체조를 본 적도 없었다. 사정을 눈치챈 착한 담임 임주이 선생이 교실 뒤로 데려가 체조를 가르쳐주어 따라 할 수 있었다.

눈치 빠르고 머리가 좋은데 저학년 때 배웠어야 할 내용을 거의 모른다는 사실이 이상해 담임선생은 특별히 신경을 써주는 한편 집안 사정을 자세히 물어보았다. 빨치산의 딸이 어떤 대우를 받는지 뼈저리게 겪은 현희는 차마 아버지가 빨치산 하다가 감옥에 있다는 말을 할 수가 없었다. 아버지는 일본유학도 다녀온 훌륭한 분인데 지금 멀리 계신다, 아버지가 돌아오면 모든 게 잘 될 거다, 라고 대답했다. 반 아이들에게도 똑같이 말했다.

동급생들은 한글도 제대로 못 쓰고 찢어지게 가난한 집 아이가 그런 말을 하니 처음에는 거짓말한다고 믿지 않았다. 그러나 하태연이 담임선생을 찾아가 모든 사실을 다 말하고, 현희도 워낙 활기차고 밝은 성격이라 청소를 하건 학예회를 하건 열심히 앞장서니 다들 좋아하게 되었다. 얼마 지나지 않아 학교에서 제일 인기 많은 아이가 되어 주변에 친구들이 바글바글했다. 하태연은 현희가 5학년을 마치자 아직 실력도 제대로 갖추지 않은 아이를 바로 중학교에 입학시켰는데 역시 잘 적응해 언제나 주위에 친구를 달고 다녔다. 스스로 터득한 생존법이었다.

두 아이는 엄마와 함께 살게 된 하루하루가 꿈만 같았다. 하태연은 깐깐하고도 철두철미한 성격에다가 감옥에서 누적된 심리불안 증세까지 있어 사소한 일에도 발끈 성을 내곤 했다. 아이들이 말을 듣지 않거나 잘못을 하면 눈물이 쏙 빠지도록 호되게 야단쳤다. 그래도 아이들은 엄마의 사랑을 마음 깊이 느낄 수 있었다. 화가 날 때 빼고는 한없이 자상하고 따뜻한 엄마였다. 온종일 시장골목에서 추위에 떨다 들어와서도 밥상을 끌어다 놓고 글이며 숫자를 가르치며 반듯하게 키우려 노력했다.

고집은 대단했다. 나무만 때고 살던 하태연에게는 제일 신기한 게 연탄이었다. 한 번 불이 붙으면 밤새 빨갛게 타는 연탄이 너무 편하고 좋았다. 그런데 풀빵을 굽지 않는 밤에도 그 비싼 연탄을 계속 태우는 걸 이해할 수가 없었다. 그녀는 저녁마다 풀빵 기계용 연탄 화덕의 연탄을 껐다가 아침에 다시 피웠다. 멀쩡히 타고 있는 연탄을 끄는 일은 폭탄을 터뜨리는 것과 같았다. 벌건 연탄에 물을 부으면 폭발하듯 수증기와 연탄재가 날려 부엌과 방까지 앞이 안 보일 정도로 가득 찼다. 아이들과 이웃사람들이 본래 연탄은 꺼지지 않도록 밤에도 계속 피워놓는 거라고 아무리 말해줘도 소용없었다. 아까운 연탄을 왜 그냥 태워버리느냐고 오히려 성을 내고 끝내 물을 부어대 저녁마다 아이들이 밖으로 튀어 나가는 소동이 벌어졌다. 아침이면 또 연탄에 불을 붙이느라 연기를 피워댔다.

아침에 다시 연탄을 피우는 것보다 밤새 연탄이 타도록 내버려두는 게 경제적이라는 것조차 이해하지 못할 정도로 고지식하고 세상 물정 모르던 그녀였지만 부모와 떨어져 고생하던 남매를 이제 자신이 먹여 살려야 한다는 일념으로 차츰차츰 장사꾼이 되어갔다.

풀빵 장사는 도무지 돈이 되지 않았다. 빵 굽는 솜씨 자체가 너무 서투르고 발전이 없어 애초에 불가능한 장사였다. 그렇다고 자본도 경험도 없이 다른 일을 하기도 막막했다. 마침 감옥에서 나온 여성 동료 몇이 편물공장에서 일을 하고 있었다. 서대문형무소에서 함께 생활했던 여성동지 한 사람이 부산의 간호대학 교수로 있으면서 조그마한 편물공장을 내고 석방된 정치범들이 일할 수 있게 해준 것이다.

석방된 여성정치범들이 편물로 생계를 잇게 된 데는 민경옥의 역할이 컸다. 민경옥은 산청군 생초면 여성동맹위원 출신으로, 경남도당 산하 노영호부대의 분대장이던 민광식의 누나이기도 했다. 동생 민광식은 결국 지리산에서 전사하고 오빠 민방식은 이북으로 올라간 사회주의자 가족이었다. 감옥에 가지 않고 살아남은 민경옥은 부산지역의 저명한 민주화 운동가인 이종률 교수 집에서 일하면서 버는 돈은 모두 정치범 뒷바라지에 썼는데 하나씩 석방되는 여성정치범들에게 편물기술을 가르쳐 간호대 교수를 중심으로 편물공장을 차리게 되었던 것이다. 이 공장에는 이호순, 박수분, 권영숙 등 옛 감방동료들이 모여 열심히 일을 하며 생계를 유지하는 한편, 감옥에 남은 여러 정치범에게 조직적인 지원을 하고 있었다.

하태연은 낮에는 편물공장에서 생산한 스웨터를 받아 팔고 밤에는 자신도 편물기술을 배우기로 했다. 우선 자본이 필요했다. 사천 친정어머니가 다시 돈 만 원을 건네 왔다. 딸이 감옥에서 나오면 장사 밑천을 대주겠다고 계를 들어 모아둔 돈이었다. 하태연은 아이들과 함께 편물공장 바로 옆으로 이사해 밤낮없이 일하기 시작했다.

옷보따리를 머리에 이고 이집 저집 돌아다니는 행상이 시작되었다. 첫날은 온종일 돌아다녀 70원을 벌었다. 하루에 40원만 있으면 세 식구 먹고는 살겠다고 계산했는데 그보다 더 버니 용기가 샘솟았다. 이제는 살았나 싶었다. 그러나 다음 날 돌아다녀 보니 40원 벌이도 되지 않았다. 물건이 안 팔리니 용기가 안 나고 어려운 어머니가 해준 만 원이 아까웠다. 그래도 쉬지 않고 온 동네를 누비고 다녔다.

선비 집 외동딸이자 양반가 막내며느리로 한껏 사랑을 받으며 성장한 하태연에게 동네방네 돌아다니며 옷 사라고 외치는 일이 그리 쉬운 일은 아니었다. 그러나 부끄럽고 창피할 때면 집에서 기다릴 아이들을 떠올렸다. 아이들에게 먹을 것 해주고 학비 낼 생각을 하면 잠시 부끄러움을 잊고 다시 용기를 내어 걸음을 옮겼다. 운 좋게 옷이 많이 팔린 날은 여장군이나 되는 것처럼 힘이 솟아 의기양양하게 집에 돌아왔다.

동네를 누비다 보니 아는 여자들도 점점 생겨났다. 주로 대연동 일대를 다녔는데 어느 곳에서나 주부들 관심사는 단연 아이들 공부였다. 그런데 학교에 다니지 못한 까막눈 여자들이 많아서 아이의 숙제를 도와줄 수가 없었다. 그런 고민을 하는 주부를 만나면 바쁜 걸음을 멈추고 공부를 가르쳐주었다. 진주형무소에서 무학 여성재소자들을 모아놓고 공부를 가르친 경험이 있던 터였다.

장사할 시간임에도 아무 사심 없이 아이들을 가르쳐주니 주부들도 고마워했다. 소문이 돌면서 그녀가 나타나면 이 집 저 집에서 아이들을 데리고 나왔다. 그리고는 그녀가 아이들을 가르치는 동안 자기네들이 필요한 옷을 사 가거나 다른 이웃을 불러 사게 했다. 나중에는 아이들을 가르치는 동안 아예 자기네가 옷보따리를 들고 팔러 다녔다.

해운대에도 자주 갔다. 해운대에는 미군부대 주변에 양공주가 많이 살았다. 양공주 중에는 근무를 마치고 미국으로 돌아간 애인에게 자기를 데리고 가 달라는 편지를 써야 하는데 글솜씨가 부족해 애를 먹는 이가 많았다. 어려서부터 글재주가 좋았던 하태연은 딱한 사정을 듣고 대신 편지를 써주곤 했다. 얼마나 구슬프게 잘 썼는지 양공주 앞에서 읽어주면 다들 눈물을 흘리며 들었다. 소문이 나자 너도나도 편지 대필을 해 달라고 했다. 어떤 날은 옷을 팔러 가보면 양공주 한 떼가 스웨터장사 아줌마를 기다리고 있었다. 편지를 대신 써주고 있노라면 가지고 간 옷은 양공주들이 다 팔아주었다.

장사는 그럭저럭 잘 되었다. 큰돈을 버는 것은 아니었지만 이제 굶주릴 걱정은 하지 않아도 되었다. 월사금을 내고도 돈이 모이면 책상을 사고, 하루는 솥도 사고 또 며칠 후에는 냄비도 샀다. 아이들에게도 더없이 행복한 나날이었다. 가난한 시절이라 헌책이며 헌 참고서를 물려 쓰는 게 보통이었으나 자존심 강한 그녀는 아이들의 책과 참고서는 반드시 새것으로 사주었고, 옷도 제일 좋은 옷감으로 된 것을 사주었다.

감옥에 있는 남편에게도 가끔 면회를 가서 돈을 넣어주었다. 자기가 번 돈으로 남편과 같은 방 장기수들이 간식도 사 먹고 필요한 생필품도 사리라 생각하면 뿌듯했다. 제대로 빨치산다운 활동 한 번 못 해보고 감옥살이를 한 게 늘 미안했는데 적은 돈이나마 도움을 줄 수 있어서 기뻤다.

전쟁이 끝난 지 십 년도 안 된 어려운 시절이었다. 남자가 있는 집도 며칠씩 쌀이 떨어져 굶주리는 일이 흔했다. 여자가 홀몸으로 행상을 다니지만 손님들에게 존경받고 번 돈을 값진 곳에 쓴다고 생각하면 스스로 대견하고 용기가 솟았다. 돈을 아끼고 아껴 계를 부어, 옷 장사를 시작한 지 얼마 만에, 산등성이에 작은 집을 살 정도로 돈을 모을 수 있었다. 마땅한 집까지 봐 두었다. 그런데 이때 남편이 갇힌 목포형무소에서 갑자기 연락이 왔다.

11.

출옥

1960년은 감동의 해였다. 통일을 향한 민족적인 열망을 짓밟고 반쪽 나라를 만들어 대통령이 된 이승만은 부강한 조국을 만들려는 노력은 하지 않고 오로지 권력을 유지하는 일에만 혼신을 다했다. 김구, 여운형 등 경쟁자를 암살하고 대통령이 된 그는 전쟁 중에도 반공 우익청년단을 동원해 이시영, 김창숙, 이동하 등 반대파를 폭력으로 짓밟고, 마지막 경쟁자로 남은 조봉암마저 간첩 누명을 씌워 처형해버렸다. 권력욕에 미친 늙은이를 몰아내기 위해서는 누군가의 희생이 필요했고, 학생들이 그 역할을 했다. 이해 4월 19일부터 시작된 전국적인 학생시위는 수백 명이 총에 맞아 죽거나 다친 끝에 결국 이승만을 자신이 그토록 숭배하던 미국 땅 하와이로 내쫓기에 이르렀다.

반공이데올로기 하나로 폭력적으로 권력을 유지하던 이승만의 패망은 사회분위기를 바꿔놓았다. 학생운동과 노동운동이 되살아나고 통일운동도 다시 시작되었다. 이런 분위기 속에 정치범의 처우에도 변화가 왔다.

목포형무소에서 갑자기 날아온 전갈은 남편 박판수가 위급하다는 소식이었다. 얼마 전까지도 괜찮던 사람이 무슨 중병에 걸린 걸까, 하늘이 깜깜해지는 것 같았다. 쏟아지는 눈물 속에 부랴부랴 짐을 챙겼다. 가는 동안 불행한 일이 생기면 옷이라도 갈아입혀 시신이라도 싸서 나와야겠다고 생각하고 예전에 입던 한복 한 벌과 담요를 가지고 전라도로 가는 기차를 탔다.

두근거리는 마음으로 면회실에 들어가 기다리고 있으니 남편이 환자복을 입고 나오는데 예상 밖으로 건강해 보였다. 한눈에 보아도 죽을 사람 같지는 않았다. 8년 감옥살이를 하면서 터득한 경험이었다. 우선 마음이 놓였다. 간수가 일일이 대화 내용을 적고 있어 속마음을 다 털어놓을 수는 없었으나 가만히 들어보니, 사회분위기도 바뀌고 해서 병보석으로 나오려고 마음먹은 듯했다. 이번에 못 나오면 11년을 더 살아야 했다. 어떻게든 빼내야겠다고 결심했다.

남편만 구해낼 수 있다면 다른 것은 아무 관심도 없었다. 장사고 뭐고 팽개치고 목포에서 한 달을 살면서 구명운동을 벌였다. 하루는 검사에게 찾아가 '죽기 전에 내 손으로 미음이라도 한 번 대접하다가 세상을 떴으면 하는 것이 소원이니 제발 보석 좀 시켜주시오.' 하소연하고, 하루는 광주에 있는 군법무관에게 찾아가 똑같이 사정하며 날마다 쫓아다녔다.

사정하고 하소연하는 자리였지만 비굴한 모습을 보이지는 않았다. 어찌나 야무지고 논리정연하게 설득하는지 검사나 법무관도 다 감탄할 정도였다. 박판수의 질병이 당장 위급한 중병이 아님에도 검사와 법무관은 그녀의 말에 설득되었다. 그래도 군법과 민간법에 다 걸려 있다 보니 금방 내줄 듯하면서도 서로 미루기만 하여 쉽지가 않았다.

한 달이 넘어서야 적십자병원으로 진찰 나가는 걸 보고 뒤쫓아 갔더니 의사가 보호자를 불렀다. 상태로 보아 나갈 수 있을 것 같으니 집에 가서 요양을 잘하라는 말이었다. 이번에는 진짜일까 마음을 졸이며 기다렸다. 정말로 병보석이 떨어졌다.

박판수는 1960년 9월 16일 형집행 정지로 출소했다. 덩실덩실 춤이라도 추고 싶은 날이었다. 두 번째 신접살림과도 같은 나날이 시작되었다.

하지만 꿈꾸었던 것만큼 행복한 나날은 아니었다. 박판수는 가석방 상태였으므로 언제 또 잡혀갈지 몰랐다. 언제 형사가

들이닥칠지 모르니 병을 가장하기 위해 방 안에 항상 이불을
펴놓고 머리맡에는 천식약, 위장약 같은 것들을 늘어놓았다.
실제로 천식과 위장병도 있었지만, 약을 많이 먹지는 않았다.

　불안한 박판수는 많은 시간을 밖으로 나돌았다. 집에 들어올
때면 감시하는 사람이 없는지 유심히 살펴보며 조심스레 들어
왔다. 집에 있을 때는 부엌문과 방문을 꼭꼭 걸어 잠그고 책을
읽으며 글을 썼다. 늘 이불이 깔려 있어도 눕는 법은 없었다. 항
상 바른 자세로 앉아 책을 읽으며 깨알 같은 글씨로 내용을 정
리하거나 생각을 기록했다. 연탄을 아끼려 낮이든 밤이든 방을
춥게 했기 때문에 추운 날은 앉은 자세로 목까지 담요를 쓰고
책을 읽으며 글을 썼다. 온종일 쓴 글은 작게 접어 천장이며 벽
지 뒤에 감춰놓았다.

　하태연은 그래도 좋았다. 지리산에서 토벌대에 쫓겨 다니면
서, 경찰서에서 극악한 성고문을 당하면서, 이제 자기 인생은
끝났고 남편도 다시 만날 수 없다고 생각했더랬다. 그런데 남
편이 무사히 석방되고 헤어졌던 두 아이까지 네 식구가 한 집
에 모여 살게 되었으니 하태연으로서는 새로운 인생이 시작된
기분이었다. 아이들을 학교에 보내는 아침이 제일 좋았다. 비
오는 아침, 큰아이는 우산을 씌우고 작은아이는 우의를 입혀
골목 어귀까지 배웅하고 서 있노라면 말로 못할 행복감이 밀려

왔다.

　남편이 석방되고 몇 달 지나지 않아 군사쿠데타가 일어나 다시 암울한 반공독재가 시작되었다. 1961년에 일어난 5·16쿠데타였다. 헌정을 짓밟고 권력을 잡은 박정희는 반공을 국시로 내세워 정치범에 대한 탄압을 강화했다. 그래도 하태연은 두렵지 않았다. 보안관찰법이 생겨 사회적으로 무슨 사건만 생기면 정보과 형사 둘이 찾아와 밀착 감시하고 평소에도 내 집 드나들 듯 나타나 귀찮게 굴었지만, 오히려 형사를 통해 운동가로서 자신의 존재를 확인하기라도 하는 양 당당했다. 누구를 만나고 어디를 다녀왔는지 한 달에 한 번씩 일일이 보고해야 하고 해마다 문제가 없다는 내용의 증명서를 발급받아야 했지만, 하태연은 그게 무슨 졸업장이라도 되는 양, 자신이 뜻을 굽히지 않은 증거라 생각하고 빠짐없이 모아두었다.

　생각지 않게 늦둥이까지 생겼다. 서른다섯 나이에 아이가 생긴 것이다. 남편이 석방되고 얼마 안 되어 생긴 아이는 1961년 9월 28일에 태어났다. 아들이었다. 둘째인 준환이와 15년이나 차이가 났다. 남편은 아이의 이름을 건으로 지었다. 박건이었다.

　뜻밖에 생긴 막내는 더없이 사랑스러웠다. 늦은 나이에 아이를 낳은 게 부끄럽기도 해서 어떻게 키우나 싶었는데 막상 젖

내 나는 아이를 품에 안고 보니 남들 시선 따위는 다 잊어버렸다. 갓난아이를 등에 업고 장사를 다녔다. 등에서 새근새근 잠자는 숨소리며 깨어나 옹알거리는 소리를 듣고 있노라면 온갖 시름은 다 잊어버리고 한없는 사랑이 쏟아져 힘이 솟았다.

하지만 엄마의 마음과 아이들 마음이 똑같지는 않았다. 하태연에게는 나름대로 행복한 시간이었지만 아이들에게 아버지는 엄하고 부담스러운 존재이기도 했다. 엄마가 처음 감옥에서 나와 살면서 매일 저녁 물을 부어 연탄을 끄던 것과 비슷한 일이 아버지에게서도 일어났다. 타협이라고는 모르는 고지식하고 고집 센 부모에게 아이들이 적응해야만 하는 일이 또 생긴 것이다.

보안관찰법으로 일거수일투족을 감시당하고 있으니 따로 돈벌이를 할 수 없는 박판수는 아이들 교육이라도 자신이 감당하려고 마음먹었다. 아이들이 학교에서 돌아오면 밥상 앞에 앉혀놓고 무엇을 배웠는지 검토했다. 문제는 학교에서 배운 걸 중심으로 가르치는 게 아니라 자기 생각대로 가르치려는 데 있었다.

먼저 문제가 된 것은 도덕책이었다. 반공사상과 유교적 가치관을 가르치는 도덕책을 보고 박판수는 크게 분노하였다. 도덕책을 모조리 찢어 태워버리고 이따위 엉터리 과목은 공부할 필요가 없다고 소리쳤다. 아이들은 수업시간에 책을 못 가져가 벌을 받았다. 박판수는 국어책과 사회책도 검토하고 마땅치 않은 내용이 있으면 검은 펜으로 까맣게 칠해 읽을 수 없게 만들었다. 이런 나쁜 내용은 배우면 안 된다는 것이었다.

애초에 박판수는 대한민국이라는 나라의 정당성 자체를 인정하지 않았다. 겨레의 전통을 이어받은 것은 이북의 조선민주주의인민공화국이라고 생각했다. 그에게 대한민국은 미국의 식민지 괴뢰정부일 뿐이었다. 대한민국에서 가르치는 정치와 사회, 역사 모든 부분이 그의 생각과 대립할 수밖에 없었다.

아이들을 더욱 힘들게 한 것은 영어였다. 일본에서 학교를 다닌 박판수는 일본식 발음으로 영어를 했는데 아이들이 미국식으로 발음하면 미국놈 앞잡이처럼 발음한다고 야단쳤다. 처음부터 미국식 발음을 배운 아이들로서는 난감한 노릇이었다. 현희는 야학에서 한글의 기초를 배우는 바람에 국어는 제 성적을 낼 수 없었어도 정식으로 중학교에 들어가 배우기 시작한 영어는 퍽 잘했다. 그런데 아버지가 발음이 나쁘다고 호되게 야단치니 겁이 나서 영어공부를 하지도 못할 지경이었다. 나중에는 따지기도 했다.

"아버지는 일본식 발음을 하면서 미국식 발음이 나쁘다고 하는데 그러면 일본은 좋은 나라인가요?"

딸이 항의하자 박판수는 격노해서 더 야단을 쳤다. 미국놈은 나쁜 놈들이니 미국식으로 말하거나 행동하면 안 된다는 고집이었다. 미국에 대한 증오는 뿌리가 깊었다. 아이들이 좀 더 성장해서, 딸 현희가 미국에 간 친구로부터 커피와 초콜릿을 선물로 받고 맛있게 먹자 호되게 야단친 일도 있었다.

"당장 갖다 버려라! 입맛을 버리면 정신도 버린다. 제국주의 침략이 그렇게 시작된 거다. 미국놈 입맛에 길들여지면 안 된다. 당장 버리지 못하니?"

커피가 귀중품에 속하던 시절인데, 그 비싸고 좋은 커피와 초콜릿을 다 갖다 버릴 수밖에 없었다.

박판수는 누구보다도 큰아들 준환에게 신경을 썼다. 어려서 외로운 큰집 생활을 하면서 공부도 거의 안 하고 극도로 내성적인 성격으로 자라난 준환은 학교생활에도 잘 적응하지 못했다. 자식 애정이 각별했던 박판수는 아들이 잘되기를 바라는 마음으로 때로는 모질게 야단도 치고 설득도 했지만 이미 배움의 시기를 놓쳐버린 아이의 성적은 원하는 대로 나올 리가 없었다.

준환은 아버지가 누나에게는 잘하면서 자신은 모질게 야단치는 걸 퍽 서운해했다. 아버지가 무서워 집에도 잘 안 들어가고 밖으로 돌기만 했다. 성장기 동안 아버지가 감옥에 있었기 때문에 정이 들 시간도 없었다.

준환이 고등학교 입학시험을 치는 날이었다. 박판수는 그 추운 날씨에도 꼭두새벽부터 아들이 시험을 치는 학교 앞에 가서 온종일 자리를 지키고 있었다. 그 모습을 본 준환은 그제야 아버지의 마음을 이해하고 마음을 열게 되었다. 준환이 입학시험에 합격하자 아버지가 얼마나 좋아하는지 몰랐다.

박판수가 감옥에서 나오고 한동안은 생활 형편이 안 좋았다. 집을 사려고 모아둔 돈도 병보석을 위해 다 날린 데다 하태연도 일찍 집에 돌아와야 하니 전처럼 돈벌이가 되지 않았다. 늘 경찰을 피해 쉴 새 없이 이사를 다니다 보니 아이들은 여러 학교로 전학을 다니느라 친구를 사귈 시간도 없었다. 성적도 잘 나오지 않았다. 그렇다고 경찰이 추적을 못하는 것도 아니었다. 이사를 하고 나면 얼마 지나지 않아 어김없이 정보과 형사들이 나타나 한바탕 휘젓고 갔다.

그래도 딸 현희가 병원에 취업하면서 형편이 좀 나아졌다. 남편과의 생활에 익숙해진 하태연도 점차 밤늦게까지 장사를 다닐 수 있게 되었다. 아침에 남편을 빈방에 남겨두고 나와 밤 열시나 되어 들어가는 생활이 늘 미안했지만, 먹고 살자니 도리가 없었다.

온 식구가 근검절약하며 돈을 모아 몇 해 만에 처음으로 집을 살 수 있었다. 가파른 산동네에 마당도 없이 슬레이트 지붕을 한 블록집이었지만 아담하니 깨끗했다. 내 집이 생기니 방을 세놓아 생활비로 쓸 수 있게 되어 돈이 더 빨리 모였다. 얼마 안 가 방이 네 칸이나 딸린 집을 한 채 더 살 수 있었다.

생활에 여유가 생기면서 집에 편물공장을 직접 차리고 중앙시장 안에 점포까지 냈다. 하태연으로서는 남편에게 일자리를 주고 감옥에 남은 동지들 뒷바라지라도 할 수 있겠다는 마음이었다. 하지만 공장을 차린 것이 큰 실수였음은 곧 드러났다.

집 안에 편물기 몇 대 놓고 직원 몇 명 고용해 스웨터를 짜는 소규모 가내수공업이라 큰돈을 벌 수는 없었다. 휴일도 주말도 없이 늦도록 기계를 돌리는 수밖에 없었다. 그런데 박판수는 돈벌이보다 인간을 더 귀중하게 여기는 사람이었다. 자기가 사장이면서도 노동자들이 힘들게 일하는 꼴을 보지 못했다. 아내가 정시에 노동자들을 퇴근시키지 않으면 화를 내고 야단쳤다. 점심시간 한 시간, 오전 오후 휴식시간도 철저히 지키게 했다.

"노동자들 밥 먹였어?"

어디 나갔다 오면 제일 먼저 하는 말이었다. 게다가 박판수는 노동자가 새로 들어오면 자기 방에 불러놓고 한 시간이고 두 시간이고 사상교육을 했다. 노동자인 당신이 이 세상의 주인이다, 노동자가 세상을 만든다, 자부심을 가지고 당당히 일하라는 내용이었다. 신입이 아니라도 가끔씩 기계를 멈추게 하여다 모아놓고 노동자가 왜 세상의 주인인지, 나아가 왜 이 민족이 통일되어야 하는지 가르쳤다.

그 옛날, 하인에게 먼저 인사했던 그 마음으로 노동자를 존중하고 애정으로 대하니 노동자들은 박판수를 무척 좋아했다. 하지만 악착같이 시간을 쪼개 일해도 운영이 어려운 판인데, 잔업도 못하게 하지, 일 분이 아쉬운 노동시간을 축내니 공장이 잘 돌아갈 리가 없었다. 돈을 벌기는커녕 어렵게 마련한 집까지 하나씩 팔아야 하는 처지가 되었다. 그래도 하태연은 남편이 하는 일이라면 무조건 따랐다. 존경하는 남편의 말이라면 무슨 내용이든 철석같이 믿고 지지했다.

박판수의 교육을 받아들인 또 한 사람은 사위였다. 딸 현희가 성장하여 연애를 하게 되자 박판수는 사윗감이 올 때마다 술도 별로 안 마시면서 몇 시간씩 앉혀놓고 사상교육을 했다. 처음에는 사윗감이 좋아하는 문화예술 이야기부터 시작했다. 르네상스 시대며 서양 문학에 대한 박식한 지식은 사윗감을 탄복하게 했다. 저녁에 퇴근하면 미래의 장인에게 찾아와 토론하는 재미에 푹 빠져버렸다.

어느 정도 신뢰가 쌓인 다음에는 캄보디아, 체코 등 사회주의공화국 사례를 이야기해주고, 남북이 통일되면 러시아와 중국으로 가는 철로가 놓이고 북한의 원료와 남한의 기술이 합쳐져 조선은 강대국이 될 수 있다, 그런데 미국과 일본이 통일을 반대한다는 등의 이야기를 했다. 이남에서 인정하는 독립운동가 중에 진정한 독립군은 별로 없다는 것, 옛날에 양반을 돈 주고 샀듯이 독립운동가의 명예를 산 친일파가 많다는 이야기도 했다. 자본주의가 얼마나 나쁜 제도인가 알아야 한다, 자본주의란 앞으로 주고 뒤로 크게 빼 가는 사상이다 등등의 이야기는 사윗감의 혼을 빼놓았다. 그는 박판수가 세상에서 제일 훌륭한 사람이라며 존경하기에 이르렀다.

사윗감과 절친해지자 박판수는 마음에 있는 이야기를 다 털어놓았다. 이북은 돈이 없어도 공부할 수 있는데 남한은 돈이 없으면 공부를 못한다, 이북은 실업자가 없는데 이남은 실업자가 많다, 이북은 전기공업이 발달하고 농업기계를 자급자족하는데 이남은 일제강점기보다 산업수준이 더 떨어졌다, 이북은 병이 나면 무료로 치료받을 수 있는데 이남은 돈 있는 사람은 살고 돈 없는 사람은 죽는다, 역사발전의 법칙에 따라 이남의 자본주의 체제는 반드시 붕괴하여 사회주의가 될 것이다, 라는 이야기였다.

1960년대였다. 남북의 경제 상황에 관한 한 박판수의 이야기는 틀리지 않았다. 전쟁이 끝나고 10여 년이 흘렀지만 이남의 산업은 복구될 기미가 없었다. 그나마 일제강점기에 세워진 공장은 전쟁 중 미군의 폭격으로 샅샅이 파괴되어 되살아나지 못하고 있었다. 이에 비해 이북의 전후재건은 매우 빠르게 진행되어 남한보다 훨씬 안정되었다. 러시아 등 동구 사회주의국가들의 대규모 경제지원이 큰 도움을 주기도 했으나 자체적으로 조성된 사회주의의 열정이 급속한 경제성장을 이룬 것이었다. 사회주의 혁명에는 성공했으나 아직까지 극빈에 시달리던 만주의 조선인 교포들은 이북에 사는 친족들로부터 지원을 받고, 아시아와 아프리카 여러 국가에서 이북을 모범으로 삼아 견학을 보내던 시절이었다. 적어도 그 시절 이북에 대한 박판수의 말은 구구절절 옳았다.

사위는 그 밖에도 사회과학, 철학 등 박판수의 지식을 스펀지처럼 빨아들여 박판수의 사랑을 독차지했다. 하지만 얼마 후 결혼해 정식으로 한 식구요 제자가 된 사위는 결혼한 지 일 년밖에 안 되어 병사하고 말았다. 박판수는 너무나 안타까웠다. 사위와 딸은 혼인신고도 되어 있지 않았다. 사위가 외국출장이 잦은 회사에 다녀 박판수의 사위라고 호적에 올라가면 여권이 나오지 않을까 봐 걱정한 박판수가 혼인신고를 하지 말도록 권했기 때문이다. 박현희는 법적으로 처녀인 상태에서 딸 하나를 낳은 채 평생 혼자 지내게 되었다.

사위만큼이나 열성적으로 박판수를 따르는 젊은이도 생겼다. 민경옥의 시동생 손재근과 그 동생인 손진근 등 많은 젊은이가 그를 찾아와 배움을 얻었다. 그중에서도 손재근 형제는 사상적으로 열렬히 동화되어 박판수를 따랐다. 시간만 나면 찾아와 밤새 이야기를 나누고 작은 일이라도 심부름을 하며 봉사했다. 이 인연은 박판수가 사망할 때까지 계속되었다. 손재근 형제뿐 아니라 일일이 나열할 수 없는 여러 사람이 쉴 새 없이 박판수를 찾아왔고, 박판수는 누가 오든 기쁜 얼굴로 맞아들여 자신의 사상을 전달했다.

부산시당 위원장이던 정철상의 딸 정희숙도 가까이 지냈다. 정철상은 범내골 호랑이로 불리던 이로, 박판수와 절친했으나 간경화로 건강이 좋지 못했다. 박판수는 현희를 시켜 정철상을 잘 돌봐주도록 했고 정희숙도 박판수를 친아버지처럼 잘 따랐다.

정철상의 마지막 임종을 지킨 것도 박현희였다. 정철상의 가족들이 약을 구하러 자리를 비운 사이 갑자기 임종을 맞은 것이다. 박현희의 무릎 앞에서 죽은 듯 누워 있던 정철상은 죽음이 임박하자 돌연 상체를 일으켜 앉은 후 온 힘을 짜내 말했다.

"인민공화국 만세!"

아버지와 빨치산 출신을 여럿 모시고 있었지만 그들에게 인민공화국이 어떤 의미인지 몰랐던 박현희는 깜짝 놀라지 않을 수 없었다. 그 의미를 제대로 알게 된 것은 나중에 아버지에게서 듣고 나서였다. 인민공화국 만세는 정철상의 마지막 유언이 되었다.

정철상이 사망할 당시 박판수는 경찰의 감시를 피해 조직활동을 하느라 거의 집에 들어가지 못하고 있었다. 상례식에도 공개적으로 참석할 수 없던 그는 매장이 치러지는 묘지 근처의 숲에서 몰래 바라보기만 해야 했다. 장례가 끝난 후 현희에게 그 안타까움을 털어놓기도 했다.

"아, 가슴 아프다. 동지가 죽었는데 장례식에도 참석하지 못하고 멀리서 봐야 하다니, 너무 마음이 아프다. 다른 동지도 거의 참석하지 못했구나. 다들 얼마나 마음이 아플까."

동지의 장례식에도 참석하지 못하고 피해 다닌 이유는 곧 드러났다. 정철상이 죽은 지 얼마 안 되어 박판수는 조직사건으로 체포되었고, 또다시 긴 옥살이를 시작하게 된다. 밖에 나온 지 11년 만이었다.

12.

재
수
감

1970년 8월 15일, 박정희 대통령은 광복절 경축사에서 새로운 통일방안을 제시했다. 남북이 자주적으로 평화통일을 이루자는 주장이었다. 공공연히 무력통일을 주장해온 종래의 입장에 비해 진일보한 것이었다. 이듬해인 1971년에는 미국의 닉슨 대통령이 중국 방문을 결정했고 8월 12일에는 대한적십자사 주관으로 역사적인 남북 이산가족 상봉이 이루어졌다.

박정희의 평화통일 방안과 남북 이산가족 상봉은 대통령 직선제를 간선제로 고치고 연임 제한을 없애는 등 영구집권 체제를 만들기 위한 정치술수에 불과했다. 닉슨이 중국을 방문했다지만 상징적인 일이었을 뿐, 본격적인 동서 교류는 그로부터

15년이 지나서야 시작된다. 하지만 일련의 동서화해 분위기는 국내 진보세력에 희망을 불러일으켰다.

박판수도 국내외 정세 변화에 고무되어 통일이 멀지 않으리라는 희망을 품고 조심스럽게 활동을 시작했다. 우선 할 수 있는 일은 이북과 국외 방송을 듣고 상황을 분석해보는 것이었다. 박판수는 어렵게 구한 단파라디오로 이북방송도 듣고 일본 NHK 방송도 들으며 국내 방송사에서 방송하지 않는 정보를 모으는 일부터 시작했다.

언제 형사들이 방문할지 모르는 처지라 방송을 듣더라도 아무 데나 적어놓으면 안 되었다. 언제든지 남몰래 버리거나 씹어 먹을 수 있도록 깨알같이 작은 글씨로 종이에 적어 이를 토대로 몇몇 동지와 토론회를 열었다.

모인 사람은 박판수 본인까지 6~7명 정도가 되었는데, 대부분 과거에 빨치산이나 좌익 활동을 했던 이들이었다. 일본 철도학교를 졸업한 후 월성군 내남면 농민조합 선전부장을 하다가 1946년 대구 10월 항쟁으로 구속되었으며 출옥해서 세탁소를 하고 있던 최상원, 빨치산 활동으로 옥살이를 하고 나와 양조장 배달부로 일하고 있던 조혁제, 건국대학을 중퇴하고 좌익 활동을 하다가 목장 서기로 일하고 있던 손춘근, 경주농민조합 출신으로 양계장을 하고 있던 이규원, 버스운전기사인 최광섭과 역시 운전사인 이창희 등이었다.

이들은 박판수나 최상원의 집을 돌아다니며 모임을 갖고 때로는 금강공원, 해운대해수욕장 등지에서 야유회를 하며 대화를 나누었다. 대화 내용은 평소 박판수가 사위에게 하던 말 그대로였다. 이북은 돈이 없어도 공부할 수 있는데 이남은 돈이 없으면 못한다, 이북은 실업자가 없는데 이남에는 많다, 이북은 이남보다 전력이 풍부하고 공업도 발달되어 있다, 이북은 농업이 기계화되어 식량을 자급자족해 못사는 사람이 없다, 이북은 병이 나면 무료로 치료해주는데 이남은 돈이 없으면 치료를 받지 못한다, 평양은 거리가 깨끗해 공해가 없다는 등의 이야기였다.

박판수의 주도 아래 이루어진 모임이었다. 1970년 11월에는 조선노동당 제5차 당대회에서 김일성 주석이 한 연설을 청취해 민중혁명으로 남조선을 해방하자는 내용을 타자용지 4매에 흑색볼펜으로 받아써 동료들에게 해설해주는 등 이론적으로나 조직적으로나 박판수는 이 모임을 이끌었다.

1971년 8월에는 동래구 중동의 추기용 집에서 이북방송을 청취하고 시사해설 등을 갱지 15매에 기재해 토론과제로 삼았다. '자본주의는 필연적으로 몰락하니 자본주의 세력을 매장하기 위한 역사적인 사명을 다하자. 이남은 축적된 모순이 급격히 터져서 혁명이 이루어진다.' 등의 내용이었다.

1971년 12월 26일 오후 1시에는 동래구 서동의 최광섭 집에서 송년회를 하면서 그동안의 활동을 반성하기도 했다. 박판수는 그 자리에서 말했다.

"우리가 과거에 했던 활동을 비판해보면, 사상통일이 안 되고, 대열을 이탈하는 자가 생기고, 학습수준이 미약하고, 군중과 같이 호흡하지 못하여 포섭도 못하고, 혁명성, 대담성, 경각성 등이 부족했다. 앞으로 좀 더 각성하여 자기 발전을 도모하고 사상통일을 하여 단결을 강화하며, 군중 속에 끼어들어 비밀이 보장되는 사람을 계몽, 포섭하자. 박정희 정권은 경제적 파탄을 은폐하기 위해 비상사태를 선포하였으니 각자 말과 행동을 조심하자."

일급 감시대상자들이 비밀모임을 갖고 이북방송 녹취록을 놓고 토론을 벌이는 것은 대단히 위험한 일이었다. 박판수는 만일의 체포사태가 일어날 경우 자기로 말미암아 아이들이 연좌제로 피해를 보지 않도록 장남 준환을 6촌 동생 박해동의 아들로 변조해 그의 호적에 올려놓기까지 했다. 본인은 사망한 셋째 누이의 남편 이름인 강신호로 동회에 신고하고, 둘째 아들 건은 그 집안의 이름에 따라 강성일이라고 신고해놓았다.

극도로 보안에 신경을 썼으나 온 사방에 감시의 눈이 깔려 있는 상황에서 요시찰 인물들의 비밀모임이 오래갈 수는 없었다. 박판수 일행은 1972년이 되자마자 일제히 검거당했다. 1월 10일이었다.

체포된 이들은 처음부터 인간 이하의 무자비하고 혹독한 고문 속에 수사를 받아야 했다. 단순한 민주화 운동가에 대해서도 혹독한 고문과 구타를 가하고 유인물 몇 장 만들었다는 이유로 몇 년씩 감옥살이를 하던 시절에 이북방송을 청취하고 이를 토대로 공부한 빨치산 출신은 사람 취급을 받을 수 없었다.

경찰 조사는 '이루 형언 못할 가혹한 고문의 연속' 이었다. 분명히 하지 않은 것을 하지 않았다고 답변하면, '예, 했습니다.' 라는 답변이 나올 때까지 개처럼 두들겨 패고 거꾸로 매달아 물고문과 전기고문을 가했다.

검사 취조도 마찬가지였다. 경찰에서 고문으로 허위진술을 했다고 말하면, 이번에는 검찰이 경찰 조서를 인정할 때까지 직접 고문을 가했다. 그래도 버티면 다시 경찰에 넘겨 처음부터 취조하도록 하겠다고 협박했다.

이런 고문 중에도 박판수는 너무나 꼿꼿하였다. 취조를 마치고 나오는데 수갑 찬 모습이 하도 당당해서 가족들은 그가 얼마나 고초를 당하고 있는지 잘 몰랐을 정도였다. 그는 가족은 물론 수사관 앞에서도 나약한 모습을 보이거나 타협적으로 나온 적이 없었다. 농업학교 시절부터 평생을 꺾이지 않은 당당한 자기확신으로 오히려 상대를 설득하려 들었다. 자신이 겪는 고초 그 자체가 혁명운동의 일부라고 생각하며 감내해냈다. 수사관치고 '박판수의 절개는 정말 대단하다.'고 감탄하지 않은 이가 없었다.

박정희 정권은 박판수가 이 사건으로 대전교도소에 수감되어 있던 1972년 7월 4일, 남북공동성명을 발표했다. 박정희의 지시로 극비리에 이북을 방문한 이후락 중앙정보부장이 평양에서 김일성 주석을 만나 자주, 평화, 민족대단결의 3대 통일원칙을 공동합의하고 이를 공개한 것이다. 드러난 외형만으로 보면 전쟁과 냉전으로 얼어붙은 남북의 긴장완화에 큰 전기가 마련된 듯했다. 그러나 박정희가 정권연장을 위해 국민을 현혹하려고 정치공작을 한 것뿐이라는 사실은 곧 드러났다.

박판수는 남북공동성명이 발표되고 한 달 후인 8월 12일 대구교도소로 이송되었다. 가족이 범천동 산동네에서 살 때였다. 당연히 감옥에서도 그는 전혀 기가 꺾이지 않았다. 박정희가 본색을 드러내 소위 '유신헌법'을 공표하자 박판수의 실망과 분노는 극에 달했고 감옥 안에서 할 수 있는 일은 그 어떤 일이라도 하려고 나섰다.

박정희는 10월 28일 유신헌법을 국민투표에 부쳤다. 정식명

칭은 '조국의 평화통일을 지향하는 새 헌법 개정안'이었다. 통일을 내세워 독재정권을 완비하려는 가증스러운 투표였다. 아직 2심 재판 중이던 박판수에게는 투표권이 있었다. 그러나 부재자 신고가 시작되자 박정희가 정권연장을 위해 시도하는 개헌이므로 기권해야 한다며 스스로 기권하였을 뿐만 아니라 주변 동료를 설득해 투표하지 않도록 했다. 언론통제와 허위선전 속에 유신헌법은 국민의 압도적인 지지로 통과되었으나 박판수는 이를 결코 용인할 수 없었다.

교도소 측은 법무부와 중앙정보부의 지시에 따라 박판수를 비롯한 사상범들의 모든 행동거지와 발언을 감시, 기록하고 있었다.

이 기록에 따르면 박판수는 11월 19일 현재의 김일성이 진짜냐 가짜냐 하는 문제로 같은 방의 수인인 손모와 심한 언쟁을 벌였다. 물론 박판수는 현재의 김일성이 일제강점기 신문과 잡지에 여러 차례 등장했던 그 유명한 김일성 장군이 맞다고 강력히 주장했다.

같은 달 30일에는 남북조절위원회와 남북적십자회담에서 북측이 남한 내 정치범 석방문제를 제기하지 않는다며 같은 정치범인 정모가 욕을 하자 왜 이북을 비난하느냐고 비호했다. 정보원을 통해 이런 사실을 수집한 교도소 측은 같은 좌익수라고 해도 박판수는 불온사상을 전파할 수 있는 극좌파로 분류해 독방으로 옮겨 수용했다.

1973년 2월 28일, 박판수는 항소심에서 반공법 위반으로 징역 4년을 언도받고 3월 8일 형이 확정되었다. 죄목은 반공법 및 국가보안법 위반에 사문서위조 및 공정증서 원본 불실기재가 추가되었다. 사문서위조와 공정증서 원본 불실기재 위반은 아들 준환을 6촌 동생의 호적에 올리는 과정에서 허위서류와 도장을 만들었다는 이유였다. 대법원에 항소했으나 기각되고, 지난번에 형 집행이 정지되었던 11년과 합쳐 15년을 복역해야만 했다.

가석방을 기대할 수 없는 15년의 긴 감옥살이가 시작되었다. 그런데 이번 감옥살이는 옥살이 자체보다도 전향공작이 박판수를 더 힘들게 하였다. 이북과 형식적인 평화통일을 내세운 박정희는 혹시 있을지 모르는 전쟁포로 교환에 대비해 이남 감옥에 있는 사상범을 한 명이라도 북한에 덜 보내기 위해 대대적인 전향공작을 지시했다. 곧 남북교류가 이루어져 이북으로 갈 수 있을지도 모른다는 희망에 부풀어 있던 수백 명의 장기수에게는 날벼락 같은 일이었다.

전향공작은 교도소마다 다르게 진행되었는데 서로 한 명이라도 더 전향시켜 공을 세우고자 온갖 수단을 무리하게 동원하였다. 특히 대전교도소, 광주교도소 등의 전향 작업은 처음부터 혹독한 폭력을 동반하였다. 전향하지 않은 사상범은 잠을 안 재우고 구타와 고문을 가했으며 교도소 내 흉악범까지 동원해 무자비하게 구타해 여러 명이 죽어 나갔다.

부산교도소 장기수도 예외 없는 전향공작의 대상이었다. 혹독한 매질과 고문의 한편으로는 남파되었다가 자수하거나 체포된 후 전향한 공작원을 동원하여 반공교육을 계속하였고 강제로 극우 반공영화를 보게 했다. 교도소 담당 목사까지 동원하여 전향공작에 앞장서게 하였다.

박판수에 대해서는 1973년 3월 12일 처음으로 사상 전향의사를 타진했다. 박판수는 자신이 민족주의자이며 민주주의자라고 주장하고, 전향을 하라는 것은 민족주의와 민주주의를 버리라는 것이니 대한민국 체제도 부정하라는 말 아니냐고 논박했다. 그는 하태연이 면회를 왔을 때도 절대 전향하지 않을 거라고 밝혔다.

서대문형무소에서 치열한 전향공작을 이겨내고 비전향수로 석방된 하태연은 박판수의 마음을 충분히 이해했다. 그녀는 언제나 자랑스러운 남편의 가장 열렬한 지지자였다. 박판수가 더 오래 감옥살이를 하게 되더라도 전향해서는 안 된다는 데 깊이 공감하고 동조했다.

전향공작은 하루 이틀에 끝나지 않았다. 지속적인 구타와 고문 외에도 일주일이면 한두 번씩 계속 불려 나가 반공교육을 받거나 전향을 강요당했다. 달이 차고 해가 바뀌어도 마찬가지였다. 2년 후인 1975년 봄, 교도소 담당자는 박판수에 대해 '지금까지 전향하지 않은 이유를 청취한 바, 표면상으로는 자기는 공산주의자가 아니라 민족주의자라고 말하고 있지만, 외유내강의 인물로 생각됨'이라고 기록했다.

박판수는 개별 상담 때마다 똑같이 주장했다.

"전향하라는 것은 민주주의와 통일의 정당성을 부정하라는 건데 나는 그렇게 할 수 없다. 나는 어디까지나 양심적이고 올바르게 살기를 애쓰고 노력하는 사람이다. 전향하려야 할 것이 없다."

교도소 측은 전향을 설득하기 위해 사회참관이란 명목으로 장기수들을 외부로 데려가 산업시찰을 시키기도 했다.

1975년 5월 27일에는 박판수 등 장기수들을 데리고 나가 대구의 나일론공장을 참관시켰다. 박판수는 교도소로 돌아와 소감을 묻는 담당자에게 이남도 많이 발전했다고 말했을 뿐 전향에는 완강히 불응했다. 그는 이북의 경제발전이 외세에 의존하지 않은 주체적이고 민족적인 발전인 데 비해 이남의 경제발전은 미국과 일본의 자본으로 이루어진 기형적인 형태라고 보았다. 저임금을 찾아 들어온 외국자본에 기생하여 소수 독점재벌이 주도하는 신식민지적 경제개발이라고 보았다. 이남에 급속히 세워지고 있는 수많은 공장으로부터 어떤 감명도 받을 수 없는 게 당연했다.

얼마 후인 6월 18일에는 부산 시내에 데리고 나가 종합경기장, 대동모터사, 선학알미늄, 문화방송국 등을 구경시키며 대한민국이 비약적으로 경제성장을 이루지 않았느냐고 자랑하고 돌아와 상담했으나 박판수의 대답은 언제나 똑같았다.

이남의 경제상황이 빠르게 나아지고 있음은 사실이었다. 그러나 정치상황은 암울하기만 했다. 박정희는 자신을 종신대통령으로 만들어준 유신헌법을 수호하기 위해 철두철미하게 국민의 사상과 행동을 통제했다.

박정희는 '긴급조치'라는 것을 발동해 유신헌법에 대해 반대 의견을 피력하는 자는 엄벌에 처했고 나중에는 반대하지 않더라도 헌법에 대해 이야기하는 것 자체를 금지했다. 고의든 실수든 헌법과 대통령에 관해 이야기하는 사람은 온 사방에 깔린 밀고자에 의해 살벌한 중앙정보부에 끌려가 고문과 매질의 희생양이 되었다.

헌법에 대해서는 물론, 정치에 대해 말하는 것 자체가 위협을 받던 시절이었다. 술집에서 막걸리를 마시며 정치에 대해

떠들다가 신고당해 감옥에 간 사람이 수두룩했다. 심지어 은유와 비유조차 허락되지 않았다. 작은 연못에서 두 마리 붕어가 서로 싸운다는 가사를 두고 남북을 비유한 거라며 방송과 판매를 금지했다. 별 뜻 없이 만들어진 대중가요 가사까지 다 문제가 되었다. 행복의 나라로 가자는 가사가 들어 있으면 이 나라가 행복하지 않다는 거냐며 시비를 걸었다. 손가락으로 전위적인 춤을 추는 김추자를 두고 이북과 교신하는 거라고 의심했고, 돌아오라고 하면 누구한테 돌아오라고 하는 거냐며 의심했다. 먹고 자는 것 이외에는 그 어떤 것도 생각하고 말할 수 없는 암울한 시대였다.

이런 상황에서 전향하지 않고 버티는 것은 고생을 자초하는 일이었다. 전향하지 않는 장기수는 집단구타는 물론, 한겨울에 담요도 없이 한 겹 옷 하나로 버려두고, 잠을 안 재우고, 찬물을 뿌리는 등 이루 헤아릴 수 없는 고통을 가했다. 박판수도 예외일 수 없었다. 본래 약했던 몸은 전향공작 과정에서 형편없이 허약해졌다.

비전향 장기수에게 더 큰 위협은 만기를 채우더라도 석방하지 않고 청주에 있는 감호시설에 보내겠다는 협박이었다. 감호소는 재범 우려가 있는 전과자를 영원히 가둬놓을 수 있는 초법적인 시설이었다.

이에 나중에는 가족이 나서서 전향을 권유하기에 이르렀다. 1975년 8월 9일 접견 때는 하태연과 아들 박건이 면회를 왔는데 하태연은 차마 권하지 못하였으나 아들은 전향하지 않으면 영원히 출감할 수 없다고 한다며 전향을 권유했다. 박건은 전향공작 초기만 해도 아버지의 큰 뜻을 자식이 어떻게 막겠느냐고 했으나 영원히 석방되지 못 할 거라고 하자 걱정이 되어 전향하라고 권유하지 않을 수 없었다. 사상전향이 무엇을 의미하는가를 잘 아는 하태연은 끝까지 남편의 뜻을 존중했으나 아들과 딸은 면회 올 때마다 간곡하게 전향을 권했다. 하지만 박판수는 자식들의 권유도 거부했다.

"출감 못해도 할 수 없지. 이제 나이는 많고 출감해도 도리어 가족들에게 걸림돌만 되고 돈벌이도 할 수 없으니 양로원에 가는 셈 치고 여기서 이대로 있을 생각이다."

"아버지, 그러지 마시고 다시 생각해보세요. 전향하지 않으면 사회안전법에 해당하여 감호처분을 받는다잖아요."

딸이 눈물로 호소했지만, 박판수는 꺾이지 않았다.

"감호처분이 되어도 할 수 없지. 나 스스로 신념을 꺾는다면 살아도 살아 있는 게 아니다. 그렇게 사느니 차라리 감호소에서 죽겠다. 더는 나를 괴롭히지 말고 가만히 두거라."

박판수는 아무리 거부해도 전향공작이 계속되자 나중에는

개별 면담 때 아예 묵비권을 행사해 말 한마디 하지 않았다. 과거 빨치산 활동과 친북 활동을 반성하는 자술서를 작성하라는 요구에 대해서는 죽는 날까지 그 어떤 요구에도 응하지 않겠다고 거절했다. 귀순 간첩이라 불리는, 전향한 남파공작원의 강연을 들은 후에는 반드시 소감문을 써야 했는데, 그들의 말에 감동했다는 이야기는 일체 없이 비판적인 의견으로만 일관했다.

전향공작에는 목사도 큰 역할을 했는데, 박판수는 목사가 감방을 방문하면 일절 적대감을 보이지 않고 책을 읽다가도 일어나 안경을 벗고 인사하며 담요를 내밀고 앉으라고 권했다. 그러나 친절한 응대와는 달리 전향 이야기가 나오지도 못하도록 동의보감 이야기를 해서 목사의 말문을 막아버렸다.

교도관들은 박판수에 대해 '인간적으로 좋은 사람이라고 보지만 전향은 끝까지 하지 않고 있다'고 상부에 보고했다. 교도관 중에는 인간적으로 친해진 이도 있어서 전향서를 쓰고 가정으로 돌아가야 하지 않겠느냐고 진심으로 말하기도 했다. 그러면 박판수는 특유의 엷은 웃음을 지으며 대답했다.

"이렇게 나서 이렇게 살다가 죽어가는 것이 내 인생인가 봅니다."

진정 조국과 민족을 사랑했다는 이유로 이렇게밖에 살 수 없게 된 자신의 운명을 관조하는 듯 허탈하게 말하는 것이었다.

"먼 훗날 나의 자손들이 내 마음을 알아주게 될 겁니다."

전향공작이 시작되고도 박판수는 교도소 내 온갖 싸움에 앞장섰다. 1981년 한 해만 해도 4월에는 매트리스 수거에 반대해 단식하고 8월에는 세면 및 운동시간에 대한 불만으로 3일간 단식했다. 11월에는 목욕탕을 혼자만 쓰게 하는 데 항의해 다른 장기수와 함께 쓰게 해 달라고 요구하며 7일이나 단식하기도 했다. 이런 식의 싸움은 해마다 끝도 없이 계속되었고 박판수는 그때마다 맨 앞에서 싸웠다.

교도소 측은 이때 박판수의 면회조차 금지시켰다. 첫 감옥살이를 합쳐 꼬박 24년의 긴 수감생활이 끝나기 한 달 전인 1986년 2월, 박판수는 아직 재소자의 신분으로 집에 다녀갔다. 얼마나 고문을 하고 괴롭혔는지 말도 못하게 몸이 수척했다. 교도소에서 마지막 전향 작업을 위해 교도관과 함께 외출을 시킨 것이다.

교도소 측은 박판수를 외출시키기 며칠 전 미리 하태연에게 전화해서 '집에 어른들 좀 많이 불러 모아두어라, 이번이 전향할 마지막 기회다' 라고 통보해두었다. 하태연은 교도관 말대로 전향하지 않으면 석방되지 못하고 그대로 청주감호소로 가는 건 아닌지 걱정되었으나 그렇다고 온 집안 식구를 불러놓고 남편에게 전향을 강요하는 것은 스스로도 용납할 수 없었다. 교도관의 요구를 아주 무시할 수는 없어 마지못해 큰집에 말해 형수를 오게 하고 부산에 사는 누님까지 두 사람만 불렀다.

박판수를 데리고 집에 온 교도관들은 형수와 누님 앞에서 전향을 하라고 집요하게 강요하였다. 그러나 박판수는 끝내 거절했다. 하태연은 남편이 혹시라도 석방되지 못한 채 감호소로 갈까 봐 걱정은 되었으나 15년을 버텨온 남편에게 정신적 죽음을 강요할 수는 없었다. 교도관들은 남편이 지장을 찍지 않으면 이번에도 석방되지 못하니 남편 대신 지장을 찍으라고 하태연을 협박했으나 완강히 거절했다. 자기 같은 사람도 끝까지 비전향으로 당당하게 나왔는데 이제 와서 전향자로 석방된다면 차라리 죽느니만 못하다는 생각이었다.

끝내 전향 작업에 실패하고 박판수를 부산교도소로 데려간 교도관들은 그날 밤 두 명이 양쪽에서 달려들어 강제로 종이에 지장을 찍으려 했다. 다른 교도소에서도 그런 식으로 당한 사람이 많았다. 본인의 의지와 전혀 상관없이 강제로 백지에 지장이 찍히고 그 위에 자기들 마음대로 전향서를 작성해 상부에 올리는 것이다. 전향이란 사상을 바꾸는 일인데, 본인의 의지와 아무 상관없이 전향서를 받는 것은 담당자들이 실적을 올리려는 데 불과했다. 박판수는 양팔을 붙잡힌 상태에서 완강히 저항하며 고래고래 소리를 질렀다. 그들은 다른 교도관들이 몰려오자 강제 날인을 포기했다.

박판수는 끝까지 버텼으나 혹시라도 발버둥치는 사이에 자기도 모르게 지문이 찍힌 것은 아닌지 걱정되어 석방된 후에도 자식들에게 여러 번 그 이야기를 했다. 혹시 발버둥치는 사이에 강제로 지문이 찍혔다면 무효이니 꼭 알아두라는 말이었다. 그러나 정부 기록에도 그는 끝까지 비전향으로 남아 있었다.

마침내 박판수가 석방된 것은 1986년 3월 8일이었다. 참으로 긴 세월이었다. 농업학교 시절 항일투쟁을 시작한 이래 온갖 풍상의 세월 50년, 이제 69세 노인이 되어 24년의 감옥살이를 벗어나 삶이 곧 전쟁인 차가운 자본주의 세상에 던져진 것이다.

13.

마
지
막　열
　　정

박판수가 석방되던 날, 교도소 쪽에서는 또 가족들을 모아놓
으라고 전해왔다. 끝까지 전향을 안 했으니 석방되기는 틀렸다
고 생각한 가족들은 이번에도 전향공작을 하는 거라고 생각해
몇몇 친척을 부르고 음식을 장만했다. 하태연과 박현희는 음식
을 만드느라 바빠서 부산역에도 부산시당위원장 정철상의 딸
정희숙을 대신 내보냈다.

　정희숙이 부산역에 가 보니 박판수는 죄수복을 입은 그대로
교도관과 형사들에 이끌려 나오고 있었다. 정희숙은 형사들에
게 호통을 쳤다.

　"이 어른이 무슨 사기를 쳤습니까, 도둑질을 했습니까? 이렇

게 죄수복을 입혀 나오는 게 어디 있습니까?"

마구 야단을 치고 마침 가져간 옷으로 갈아입혀 모시고 왔다. 이때까지도 정희숙이나 식구들은 그가 완전히 석방되었다는 사실을 모르고 있었다. 석방시킬 생각이 없어 죄수복을 그대로 입혀 나온 줄 알았다. 형사들이 집에 와서 인수인계를 하고 돌아간 후에야 진짜 석방이라는 걸 알고 다들 뛸 듯이 기뻐했다.

긴 옥살이에서 벗어나기는 했으나 박판수가 두 번째 출감할 무렵 가족들의 사정은 최악이었다. 첫 번째 출감 때만 해도 하태연이 한창 돈을 벌고 있어서 그리 어려운 줄을 몰랐으나, 이제는 하태연도 환갑이 된 할머니였다. 매일 아침 열 시에 나가 밤 열 시에 돌아오며 힘겹게 행상을 했으나 늙고 지친 몸으로 돈벌이가 되지 않았다. 결혼 전에는 살림에 크게 보탬이 되었던 딸 현희도 혼자서 힘들게 외동딸을 키우고 있었다. 막내아들 건은 대학에 다니느라 한창 돈이 들어갈 나이였다.

가난에 찌들어 사는 가족의 현실에 박판수는 심리적으로 많이 위축되었다. 어떻게든 자기도 돈을 벌어야 식구들을 먹여 살릴 수 있다는 압박감이 예전의 위풍당당하던 풍모를 잃게 만들었다. 오랜 감옥살이, 모진 전향공작에 시달려 쇠약해진 건강 때문이기도 했다.

박판수는 감옥에서 민간의학에 대해 깊이 공부를 해둔 게 있었다. 동의보감부터 시작해 현대인이 겪는 갖가지 새로운 질병을 전래 약초와 한약으로 다스리는 공부였다. 달리 돈벌이를 할 수도 없는 나이인지라 그는 자신만의 독특한 처방으로 약을 지어 팔기 시작했다.

처음 손님은 주로 딸 현희가 지인 중에서 데려온 당뇨, 고혈압, 신경통 등 난치병환자들이었다. 박판수의 처방은 상당한 효력이 있었고, 이내 소문이 퍼져 멀리서도 손님이 찾아오게 되었다.

박판수는 약 한 재를 팔아 돈이 생기면 꼭 딸에게 맡겼다. 자기가 가지고 있으면 세상 물정을 몰라서 엉뚱한 데 쓰게 되니까 전세 얻을 돈을 마련할 때까지 대신 관리하라는 것이었다. 너무 오래 감옥살이를 하고 나온 그는 실제로 은행에 갈 줄도 몰랐고, 약을 지어도 어떻게 팔고 얼마를 받아야 할지 몰랐다.

열심히 진맥하고 약을 지어 적으나마 돈벌이를 하고 있음에도 박판수는 매일 아침 밖에 나가 이리저리 돌아다니며 점심을 굶었다. 한 끼라도 밥을 안 먹는 게 돈을 모으는 길이라는 어리석은 마음이었다. 평생을 반외세투쟁에 바친 외골수의 지독한 고집이었다. 자식들이 아무리 점심을 먹고 다니라고 애원해도 말을 듣지 않았다.

박현희는 아버지를 볼 때마다 마음이 아팠다. 4·19혁명 뒤에 감옥에서 나왔을 때는 교과서에 먹칠을 해놓아 밉기만 하던 아버지였는데, 힘없는 노인이 되어 어떻게든 가족에게 도움이 되려고 점심까지 굶는 모습을 보니 너무 마음이 아팠다.

어느 날, 아버지를 태우고 운전을 하다가 성급하게 끼어든 다른 차 운전사를 향해 '미친놈'이라고 혼자 욕을 한 일이 있었다. 예전 같으면 그 자리에서 당장, 왜 함부로 욕을 하느냐고 야단칠 아버지였다. 그런데 아무 소리도 하지 않고 집에 가더니 아내에게 나직이 말하는 것이었다.

"큰일 났소. 우리 현희가 아주 못쓰게 됐어. 운전하다가 막욕을 합디다. 자본주의에 완전히 물들어서, 이젠 부르주아를 넘어서 아주 몹쓸 애가 되었소. 어쩌면 좋소?"

박현희는 세상 물정 모르는 아버지가 우스운 한편, 딸에게 대놓고 야단도 못 칠 정도로 약해진 모습에 가슴이 저렸다.

빨치산 시절에는 얼마나 엄했던지, 부하대원 하종구 같은 사람은 박판수에게 보고하러 가기가 겁나 다른 사람에게 대신 가달라고 부탁했을 정도였다. 그러나 이제는 늙고 병든 노인이 되어 본래의 따뜻한 성품을 숨기지 않고 보여주었다. 아내 하태연에게 항상 '여봐요' 아니면 '이봐요'라고 야단치듯 부르고, 잠잘 때도 아이들 본다고 옆에 눕지도 못하게 하던 그였는데, 이제는 아내에게도 솔직한 마음을 털어놓는 사람이 되었다.

석방되고 얼마 지나지 않았을 때였다. 하태연이 환갑을 맞아 식구들끼리 조촐한 잔칫상을 차리게 되었다. 박판수는 좀처럼 보기 어려운 밝고 환한 웃음을 얼굴에 가득 띠고 아내 옆에 앉아 자식들에게 농담까지 했다.

"너희 엄마가 장사하느라 고생해 이렇게 많이 늙었지만 젊어서는 현희 너만큼 예뻤다. 나는 입산히면서 너희 엄마가 얼굴도 예쁘고 노래도 잘하니 나를 잊고 가수라도 해서 떠날 줄 알았다. 그런데 끝까지 떠나지 않고 이렇게 나랑 너희를 지켜주었구나."

박판수는 환한 웃음으로 농담을 하면서 다정히 아내의 손을 잡았다. 하태연은 젊어서부터 유난히 손이 예뻤다.

"참 고왔던 손인데……. 고생시켜 미안하오."

박판수는 반주 정도밖에 술을 마시지 않는 편이었는데, 이날만큼은 자식들이 주는 술을 모두 받아 마시며 자신이 얼마나 아내를 사랑했는지, 지금도 사랑하고 있는지 솔직하게 털어놓았다. 하태연으로서는 죽을 때까지 잊을 수 없는 행복한 시간이었다.

딸이 어렵게 장만해준 임대아파트에 들어갔을 때도 박판수는 환히 웃으며 즐거워했다. 그는 점심까지 굶어가며 힘들게 모은 돈 3천만 원을 가족들 앞에 내놓았다. 자신의 피와 살이나 다름없는 귀중한 돈이었다.

그것이 끝이었다. 작으나마 이제 내 집을 마련해 당당하게 살수 있게 되자마자 건강이 급속히 나빠졌다. 고질적인 천식은 폐렴으로 발전했고 다른 잡병도 밀려왔다. 평생 수도 없이 당한 끔찍한 고문의 후유증이었다.

박판수가 병고에 시달릴 무렵, 세상은 많이 변해 있었다. 1987년 6월항쟁으로 오랜 군부독재가 한풀 꺾이고 민주화의 바람이 나날이 거세졌다. 이제는 옛 동지도 비교적 자유롭게 만나러 다닐 수 있고, 통일운동을 하는 대학생과 단체 활동가도 수시로 찾아와 그의 이야기에 귀를 기울였다.

박판수는 새로 등장한 민주화운동과 통일운동 후배들에게 너무나 자상하고 따뜻하게, 자기가 해줄 수 있는 모든 지식과 경험을 전수하려고 애썼다. 젊은 후배들은 단호하고도 너그러운 그의 인품에서 지리산을 포효하던 용맹한 전사의 흔적과 함께 존경받아 마땅한 한 완성된 인간의 모습을 발견하고 깊이 감명하였다.

병원에서 마지막 날들을 보내며, 박판수는 뒤늦게나마 자신의 생을 기록하고 싶어 했다. 하태연은 사흘 밤을 곁에서 지켜보며 조금씩 받아썼다. 얼마 안 되는 기록이지만 소중한 역사의 증언이었다. 그러나 나중에 통일운동으로 체포되면서 경찰에 압수되어 영영 찾을 수가 없게 된다.

하태연은 남편을 살리기 위해 온 힘을 다했다. 간호사들이 조금만 무심하거나 바로 와주지 않으면 불같이 성을 냈다. 몸에 좋다는 약은 다 갖다 먹이고, 주사도 맞게 했다. 하지만 갈수록 병세는 악화되었고 의사도 더는 치료를 포기해버렸다.

죽음이 임박했을 때, 가족들은 박판수를 집으로 옮겼다. 누운 채 말도 할 수 없게 된 그는 눈에 눈물이 가득한 채 자꾸만 손을 들어 북쪽을 가리켰다. 무슨 뜻이냐고 아무리 물어도 목이 아파 말을 하지 못했다. 가족들은 서울에 있는 친한 동료를 불러오라는 뜻으로 해석하고 서둘러 서울에 사는 윤희보를 데려왔다. 하지만 박판수는 고개를 저었다. 눈물이 그렁그렁한 눈으로 북녘을 바라보던 그는 끝내 밤을 넘기지 못하고 숨졌다. 1992년 1월 18일, 향년 75세였다. 두 번째로 석방된 지 겨우 5년 만이었다. 그가 왜 북쪽을 가리키며 눈물지었는지는 끝내 알 수 없게 되었다.

장지는 양산 솥발산 민주열사 묘역으로 정했다. 몹시도 추웠던 장례식에는 하종구, 한창우, 박순자, 구연철, 송송학, 김교영, 임방규, 민경옥 등 그와 함께 지리산에서 투쟁하거나 오랜 세월 감옥에서 함께한 동지들이 모두 참석했다. 민족통일을 염원하는 학생들과 사회운동가들도 대거 참석했다. 지리산에서 함께 활동했던 김교영은 직접 쓴 추모시를 낭독했다. 빨치산 출신 장례식으로서는 거의 최초라고 할 만큼 많은 인파가 모인 성대한 장례식이었다.

박판수가 사망할 당시에도 이남의 감옥에는 여전히 140여 명의 장기 양심수들이 갇혀 있었다. 이남 사회는 이들을 모두 간첩으로 불렀으나 실제로 이북에서 남파된 공작원은 47명으로, 20년에서 40년 넘게 장기구금을 당하고 있었다. 나머지는 남파되어 온 친족을 신고하지 않았다는 이유로 체포된 사람들이거나 어로경계선을 넘어 이북에 나포되었다가 돌아와 가혹한 고문수사를 못 이겨 간첩이라고 자인한 어부들, 아니면 남북에 대한 적개심 없이 자유로이 이북을 드나들다가 이남에서 체포된 재일교포나 국외유학생 같은 이들이었다. 그 대부분이 정보부와 경찰의 고문에 의해 간첩으로 조작된 경우로, 훗날 재심청구에서 무죄로 판명 나지만 이들은 오랜 세월 간첩누명을 쓰고 고생해야만 했다.

이들 장기수 중 30년 이상 수감자는 20명에 이르고 20년 이상도 23명이나 되었다. 이는 1989년 사회안전법이 폐지되면서 석방된 52명의 비보안감호자를 제외한 통계로, 이때 석방된 52명의 징역 햇수는 평균 29년에 이르렀다.

석방된 장기수들의 삶도 기구했다. 사회안전법이 폐지되면서 가족이 없는 경우는 본인의 의사와 상관없이 전국 각지에 있는 갱생보호소나 양로원으로 강제 수감되었다. 그러고도 '보안관찰법'에 의해 담당형사에게 철저히 감시당했다. 그들은 주거이동은 물론 여행의 자유까지 박탈되었다.

양로원이나 갱생보호소에 수감된 이들은 다른 지역의 기관이나 민간인 집으로 옮기려면 법무부 장관의 허가를 받아야 했다. 양로원에 있는 동안에는 면회도 마음대로 하지 못했다. 누구든 이들을 면회하려면 담당 경찰관의 허가를 받아야 했다. 형사들은 이런저런 이유로 면회를 차단했고, 수차례 거절당한 끝에 어렵게 승낙을 받아내고도 담당형사와 양로원 원장이 함께한 자리에서 만나야 했다.

다행히 보호시설에 강제 수용되지 않은 경우도 살기가 척박하기는 마찬가지였다. 석방된 이들은 대부분 70세 이상의 고령으로 일을 하기가 불가능한데도 사회보장이 따로 없어 노동판 잡부, 아파트 경비, 노점상, 가내공업 등 막일로 한 달에 20~30만 원을 벌어 근근이 살아가는 형편이었다. 이들 역시 사람을 만날 자유조차 제한되어 감옥에서 수십 년간 옆방에 있던 사람을 만난다는 이유로 조사받고 불구속 기소되었다. 작은 감옥에서 큰 감옥으로 나온 셈이었다.

건강문제도 심각했다. 오랜 세월 비정상적인 감옥살이를 해

온 데다 전향공작으로 말미암은 고문 후유증으로 위장병, 고혈압, 관절염은 기본이고 혈압, 결핵 등 온갖 질병 시달렸다. 아파도 경제적인 여유가 없으니 어차피 치료받을 수 없어 병원에 가서 진단받는 걸 다들 두려워했다. 석방된 지 1년도 지나지 않아 마지막 경남도당 위원장이던 김병인을 비롯해 이복남, 김현진 등 3명이 사망했을 정도다.

엄연히 전쟁포로라고 할 수 있는 이들 장기수에 대한 북송은 극히 제한적으로 이루어졌다. 1993년 3월, 대표적인 장기수 이인모가 이북으로 송환되고, 한참 후인 2000년 9월, 63명의 비전향 장기수가 이북으로 돌아갔다. 그중에는 농업학교 시절 박판수와 절친했던 자전거포 점원 강동근도 있었다. 학창시절에 항일운동을 인연으로 만난 두 사람은 이후 서로 행적을 몰랐는데 각자 빨치산 활동을 하다가 구속 수감되어 대전형무소에서 감격의 해후를 하기도 했다. 박판수보다도 더 오래 감옥살이를 한 강동근은 석방 후에 박판수의 집에 찾아오기도 했는데 북송을 자원한 것이었다.

이 모든 것은 남북이 분단되었기 때문이었다. 해방 직후만 해도 좌익이니 공산주의자라는 지칭은 존경의 의미로 쓰였다. 만인의 이익을 위해 자신을 희생하는 사람을 부르는 호칭이었다. 분단만 없었더라면, 전쟁만 없었더라도, 서유럽이나 일본처럼 자본주의 우익정당과 사회주의 좌익정당이 평화적으로 공존하면서 정책경쟁을 벌이며 나라를 부강하게 만들 수 있었을 것이다. 박판수의 지론대로라면, 자본주의가 고도로 발전하면 내부모순도 첨예화되어 유혈혁명 없이도 자연스럽게 사회주의로 이행될 것이고, 진보세력은 그 견인차 구실을 하게 될 것이었다. 하지만 남북이 분단되어 서로 증오하고 '빨갱이' 란 이름이 천형처럼 여겨지는 이남 사회에서는 모두 불가능한 이야기였다.

하태연은 남편이 이루지 못하고 죽은 평생의 숙원인 통일을 위해 이후 모든 열정을 바쳤다.

1994년 6월 12일 오후 4시, 약칭 범민련이라 부르는 범민족연합의 부산경남연합 준비위원회가 발족했다. 부산대학교 문창회관 대회의실에서 열린 발족식의 대회사는 이남의 우익세력이 가진 문제점을 명확히 지적하였다.

"미국과 김영삼 정권은 연초에 군사훈련 재개로 역사적인 남북합의서의 이행을 파탄시키고 남북대화를 동결시켰을 뿐만 아니라 한반도 정세를 위험천만한 전쟁분위기로 몰아가는 상황에 특히 미국과 김영삼 정권은 이북의 핵문제를 구실로 국제적 제재 운운하며 이북압살 정책을 집요하게 추구하고 있습니다. 미국과 김영삼 정권의 이 같은 책동은 우리 민족 전체를 새로운 핵전쟁의 희생물로 만들려는 범죄행위인 것입니다. 우리 민족의 운명과 앞길에 새로운 위기를 조성한 미국과 김영삼 정권의 범죄적 행위는 그들이야말로 단합이 아니라 분열을, 평화가 아니라 전쟁을 추구하고 있다는 것을 다시 한 번 만천하에 드러내는 것입니다. …… 민족의 통일을 염원하고 실천하는 각계 애국민중 여러분! 다시 한 번 확인해야 할 것은 우리 민족의 통일은 어느 누구의 손이 아니라 우리 7천만 겨레의 손으로 민족대단결의 사상에 기초한 자주적이고 평화적인 통일방안인 1민족 1국가 2정부, 2체제의 연방제 통일로 외세의 지배와 간섭을 배격하고 민족주체의 힘으로 조국을 통일하도록 합시다. 민족대단결 사상만세!"

하태연은 이날 발족식에 참석한 이래 그 누구보다도 열심히 범민련 활동에 나섰다. 단순히 남편의 유지를 잇겠다는 뜻만은 아니었다. 작은오빠를 비롯해 수많은 애국자를 죽음으로 몰고 간 외세에 의한 남북분단을 해결하는 일은 누구도 아닌 바로 자기 자신이 여생을 걸고 해야 할 일이라고 생각했다.

범민련 부산경남연합은 다음 달인 1994년 7월에 공식 결성되어 남북화해 분위기를 조성하는 각종 행사를 조직하고 경제난에 빠진 이북을 돕기 위한 민간지원 운동을 벌이는 등 활발한 활동을 해나갔다.

범민련 부산경남연합은 1997년 2월 하태연을 의장 권한대행
으로 선출했다. 그녀의 열정은 많은 후배를 감동시켰다. 그녀
는 자기 자신에게나 자식들에게는 냉정하리만큼 엄격한 사람
이었지만, 뜻을 함께하는 범민련 후배들에게는 더없이 자상하
고 따뜻한 선배였다.

"엄마! 범민련 학생들한테 하듯이 우리한테도 좀 포근하고
따뜻하게 해주이소!"

자식들이 푸념 아닌 푸념을 늘어놓으면 빙그레 웃으며 대답
했다.

"너희가 엄마 아버지의 뜻을 받들어 통일운동을 해봐라. 내
가 고개 숙여 하늘처럼 받들어 모실 거다."

늘 미소를 머금고 맨 앞에서 희생을 마다치 않는 그녀의 열정
은 범민련이 통일운동의 상징적인 단체로 자리 잡는 데 큰 도
움이 되었다. 그녀의 활동에는 서대문형무소 시절부터 함께해
온 박선애, 한기명, 박순애, 박정숙, 김선분, 민경옥 등이 늘 함
께했다.

결국 경찰은 이해 7월 하태연을 국가보안법 위반으로 체포,
구속하였다. 그녀의 나이 71세였다. '각종 이적표현 문건을 취
득 소지하고 중앙의장단 회의에 참석하여 북측 동포돕기 성금
을 범민련 본부에 전달하는 등 반국가단체 구성원에게 편의를

제공한 혐의'였다.

경찰이 증거물로 제시한 이적표현물이란 하나같이 남북화해와 자주통일을 주장하는, 공개적으로 발행된 유인물이었다. 이북 동포에게 쌀을 보내 달라고 범민련 본부에 성금을 전달한 것을 두고 국가보안법 위반이라고 하는 것도 기본적인 인도주의조차 무시한 법 적용이었다. 이북이 미국의 경제봉쇄 정책으로 심한 경제난을 겪고 있음에도 이남에 큰 수해가 났을 때는 피 같은 쌀을 모아 보내 온 적이 있었다. 같은 동포끼리 서로 굶주리지 않도록 도와주는 것은 너무나 당연한데 이를 국가적 위험으로 간주하고 처벌하는 것은 지나친 일이었다.

하태연은 7월 31일 자로 부산교도소에 수감된 상태에서 재판을 받았다. 법원은 칠순 노파를, 공개적으로 배포된 유인물을 소지했다는 이유로, 또는 공개단체에 공식 모금한 돈을 전달했다는 이유로 장기수감하는 데 부담을 가진 듯, 1심에서 집행유예로 석방하였다. 하지만 생애 두 번째인 4개월의 옥살이는 그녀를 더욱 견결한 통일운동가로 만들었다. 그녀는 석방 후에도 범민련 중앙위원 자격으로 전국에서 열리는 통일모임이라면 모두 쫓아다니며 외세의 간섭 없는 자주적이고 평화적인 남북통일을 외쳤다.

이후 십 년 동안 마지막 열정을 통일운동에 쏟던 하태연은 여든 살이 넘어가면서 차츰 정신을 놓는 시간이 많아졌다. 불쑥불쑥 찾아오는 치매는 그녀를 당혹스럽게 하였다. 날이 갈수록 정신을 놓는 시간이 길어지면서, 맑은 정신일 때 간간이 글을 써 남겼다.

'내 나이 80. 옛날 같으면 최고 장수라 할 수 있다. 그런데 마음은 늙지 않을까? 하지만 몸 곳곳에 이상이 생겨 이제는 끝인가 보다 생각하면서 한 생을 되돌아본다. 멋있게 살지는 못했지만 그래도, 그래도 이렇게 살아온 것도 한편 자랑스럽게 생각한다. 좋은 동지들이 있고 창창한 앞날이 있으니 얼마나 좋은가?'

힘겨운 사회생활 내내 가장 큰 힘이 되어주었던 민경옥에 대하여 애틋한 정을 표현해놓기도 하고 불현듯 떠오르는 옛 노래를 적어놓기도 했다. 일본 경찰을 개에 비유해 부르던 일제강점기 노래였다. 감사 어른이란 독립군을 은유하는 말이었다.

"개야 개야. 알라궁 달라궁 숫개야.

감사 어른 가는데 에루와 짖지를 말아라.

에헤야 데헤야 에헤야 데헤야 얼싸 엄마 둥개디어라 내 사랑아."

하태연은 2011년 현재 부산 동래의 안락하고 깨끗한 요양시설에서 여생을 보내고 있다. 현희, 준환, 건 세 자녀는 다들 경제적으로 어려운 가운데도 어머니를 좋은 요양시설에 편안히 모시고 지극정성으로 돌보고 있다. 특히 맏딸 현희는 경제활동을 하기 어려운 나이임에도 어머니를 모시기 위해 열심히 일하는 모습으로 주변 사람들에게 감동을 주고 많은 칭찬을 받고 있다.

하태연은 요양소에 처음 들어가서 아직 정신이 맑을 때면 외동딸 현희를 앉혀놓고 말하곤 했다.

"나는 존경하는 네 아버지를 만나 영광스럽게 살았다. 감옥살이를 했지만 내 생애는 영광뿐이다. 나 죽거든 우리 엄마 고생만 했다고, 불쌍하다고 절대 말하지 마라. 내가 살아온 길은 떳떳하고 영광스러운 길이었다. 수십 년 보따리장사를 하며 힘들게 살았지만 조금도 부끄럽다거나 힘들다고 생각한 적이 없다. 나 죽거든 절대 엄마 불쌍하다고 말하지 마라."

언어도 기억도 다 잃어갔지만 이상하게 노래만은 선명히 기억했다. 누가 옆에서 첫 구절만 불러주면 행복한 미소를 띠며 가사 하나 안 틀리고 옛 노래를 불렀다. 가장 좋아하는 노래는 '태백산맥에 눈 나린다' 로 시작하는 빨치산 노래였다.

"태백산맥에 눈 나린다, 총을 들어라 출정이다.

눈보라는 밀림에 우나, 마음속엔 피 끓는다.

높고 높은 산을 넘어, 눈에 묻혀 사라진 길을 뚫고

빨치산이 영을 내린다, 원수를 찾아 영을 내린다."

  점점 정신을 놓으면서 마지막으로 부른 사람은 친정 오빠 하치양이었다. 일제에 저항하다가 해방되던 그날까지 감옥에 있던, 해방 후에는 새로운 침략자 미국에 저항하다가 지리산에서 무덤도 꽃다발도 없이 산화해버린 작은오빠였다. 정신이 오락가락할 때면 눈에 눈물을 가득 담은 채 '작은오빠, 작은오빠……' 하며 중얼거리곤 했다. 끝내 돌아오지 못할 시대의 영웅들을 찾았다.

나의 아버지 박판수

초판 1쇄 펴낸날 2011년 10월 10일

지은이 안재성
펴낸이 강수걸
펴낸곳 산지니
등록 2005년 2월 7일 제14-49호
주소 부산광역시 연제구 거제1동 1493-2 효정빌딩 601호
전화 051-504-7070 | 팩스 051-507-7543
sanzini@sanzinibook.com
www.sanzinibook.com

ⓒ안재성, 2011
ISBN 978-89-6545-161-7 03810

* 이 도서의 국립중앙도서관 출판시도서목록(CIP)은
  e-CIP 홈페이지(http://www.nl.go.kr/cip.php)에서
  이용하실 수 있습니다.(CIP 제어번호 : CIP 2011004132)